Mémoires incroyables d'un tricentenaire

DU MÊME AUTEUR

LE SON DE L'ASTRE, poèmes, Les Éditions de L'Istorlet, Baie-Comeau, 1983.

ENFANT-SANS-ÂME, roman jeunesse, Hachette, Le Livre de Poche Jeunesse, Paris, 1990.

LE VIOL DE MARIE-FRANCE O'CONNOR, roman, XYZ éditeur, coll. Romanichels, Montréal, 1995.

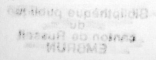

Claude Marceau

Mémoires incroyables d'un tricentenaire

Libre Expression

Données de catalogage avant publication (Canada)
Marceau, Claude, 1956-
Mémoires incroyables d'un tricentenaire
ISBN 2-89111-778-6
I. Titre
PS8576.A624M45 1998   C843'.54   C98-940242-8
PS9576.A624M45 1998
PQ3919.2.M37M45 1998

Illustration de la couverture
NINON
Maquette de la couverture
FRANCE LAFOND
Infographie et mise en pages
SYLVAIN BOUCHER

Libre Expression remercie le gouvernement canadien
(Programme d'aide au développement de l'industrie de l'édition),
le Conseil des Arts du Canada et la Société de développement
des entreprises culturelles du soutien accordé à
ses activités d'édition dans le cadre de leurs programmes
de subventions globales aux éditeurs.

Éditions Libre Expression
2016, rue Saint-Hubert
Montréal (Québec) H2L 3Z5

Dépôt légal :
1ᵉʳ trimestre 1998

ISBN 2-89111-778-6

PROLOGUE

LES QUATRE MURS blancs qui m'entourent ici me semblent ceux de l'hiver de mon déclin, bancs de neige cachant l'horizon ou pans d'iceberg dans l'océan glacé de l'Infini, et pages vierges aussi, attendant l'inscription du souvenir. Maintenant que je suis au bout du voyage, en cet an de grâce mil neuf cent quatre-vingt-quatorze où je viens d'atteindre l'âge vénérable de trois cent trente-sept ans, je peux bien me permettre de rester dans cette chambre de l'hospice où je me suis échoué la saison dernière et d'évoquer les siècles révolus toute la journée, emporté seulement par le tangage nostalgique de mon fauteuil à bascule, tricentenaire lui aussi, épave du temps toute craquante et grinçante à l'instar de mes pauvres os disjoints. J'estime l'avoir mérité de plein droit et, de plus, j'ai besoin de ce rituel pour que remontent à la surface les images souvent fort lointaines de mon passé, car j'ai pris la décision d'écrire mes Mémoires, de laisser une trace de mon passage, un sillage comme figé en quelque sorte, afin de ne pas disparaître en entier avec ma carcasse anté-diluvienne et de sauver quelque chose de ce naufrage, de telle sorte que vous tous, mes innombrables descendants, connaissiez l'extraordinaire histoire de vos origines. Oui, il fallait bien que ça s'arrête un jour, je ne suis pas éternel, sacrédié! En tout cas, pas en ce bas monde… Je m'en vais sur mes derniers milles, je le sens, et je n'ai plus rien d'autre à faire que de renflouer ces antiques souvenirs avant qu'il ne soit trop tard. Alors, commençons, et de préférence par le commencement…

PREMIER CENTENAIRE

CHAPITRE PREMIER

*Où je relate les circonstances extraordinaires de ma naissance
de même que je présente au lecteur ma singulière famille,
et plus particulièrement mon étonnante bisaïeule...*

L ORSQUE je naquis, dans la nuit du 25 décembre 1656,
une terrible tempête du noroît faisait rage et, selon
les dires de ma défunte mère, décédée à quatre-vingt-huit
ans des séquelles d'une mauvaise chute de cheval – que le
Grand Esprit ait son âme... –, le blizzard était si déchaîné
qu'il avait cassé net une vingtaine de bouleaux dans la force
de l'âge, fauché douze épinettes de taille respectable et
déraciné sept grands sapins aux alentours de notre cabane.
La neige, en bourrasques hurlantes, par les interstices des
rondins mal calfeutrés, s'engouffrait dans la chambre où
j'étais en train de voir le jour. Une congère s'était formée
sous le lit, et des flocons tournoyaient dans l'air frigorifié
de la minuscule pièce, tourbillonnant dans les encoignures.
Ma mère soufflait comme un veau marin, toute nue et
ronde sur ses draps plus glacés que la banquise. À chacune
de ses expirations, une longue vapeur blanche s'exhalait de
sa poitrine et s'élevait au-dessus de sa couche.

Je pesais dix livres et quelques à ma naissance, cinq kilos,
comme vous dites aujourd'hui, et ma pauvre génitrice,
robuste et pleine de vie mais pas tout à fait assez ample
des hanches, y laissa pratiquement sa peau. Elle hurla plus
fort que la tourmente dehors, plus fort que les rafales qui
avaient presque pelé la montagne, tant et si bien qu'elle

donner quand je fus en âge de poser des questions, malgré le doute qu'elle pût susciter à l'époque dans mon jeune esprit porté au scepticisme, et c'est celle-là même qui lui permit d'être ensevelie chrétiennement au cimetière et rongée par d'honnêtes vers catholiques, au lieu d'être enterrée sommairement dans les bois et dévorée par d'horribles larves païennes.

Donc, à part ma famille immédiate, mon seul parent vivant, quand je suis né, était cette arrière-grand-mère indienne. Elle était si âgée qu'elle avait depuis longtemps cessé de compter les hivers. Son sang était celui d'un peuple qui, parti des forêts et des steppes du nord de l'Asie quelque trente mille ans plus tôt, avait accompli la lente traversée de l'isthme de Béring à la suite des rennes et des mammouths, passant peu à peu d'un continent à un autre, découvrant une nouvelle terre, un monde vierge de toute trace humaine, des dizaines et des dizaines de siècles avant cet ahuri de Christophe Colomb.

Elle se souvenait de l'Âge d'Or, de l'époque heureuse d'avant l'arrivée des Blancs, qui avait duré plus de générations qu'il ne lui restait de cheveux sur le crâne, et elle arborait encore une très épaisse et longue tignasse argentée de porc-épic! C'était le temps béni de l'abondance, de la vie simple et des gestes sacrés de la pêche et de la chasse, sous le regard bienveillant du Grand Esprit, au rythme des saisons, en harmonie avec la vaste respiration de la Terre-Mère éternelle. Oh! ce n'avait pas toujours été le Paradis, bien sûr. Il y avait eu, au cours de tous ces millénaires, des guerres avec les autres tribus venues plus tard en empruntant le même chemin, les rigueurs du climat, les famines et le ragoût de viande de chien, mais en général l'existence avait été paisible et douce. Puis, les hommes barbus étaient arrivés par la Grande Eau sur leurs îles flottantes et avaient chamboulé toutes les coutumes immémoriales...

Elle mourut peu avant mon sixième anniversaire, et d'aucuns pourraient dire que je dois mon incroyable longévité à un quelconque gène qu'elle m'aurait transmis et dont le potentiel vital, possiblement, aurait été décuplé par un concours de circonstances auquel ne seraient pas étrangers l'atmosphère glaciale dans laquelle je vins au monde, la nuit sainte entre toutes où l'événement se produisit, la force physique herculéenne de mon père et le fait que je sois le septième d'une famille de sept enfants. D'autres ont prétendu qu'elle m'a plutôt ensorcelé pour une raison d'elle seule connue et qu'elle m'a fait don de l'immortalité, car c'était effectivement une redoutable magicienne. Elle avait été instruite dans le chamanisme à l'âge de quinze ans par un puissant sorcier, son amant, qui avait commis un sacrilège par le fait même puisque cet enseignement était réservé aux garçons depuis la nuit des temps, mais il était fou d'elle et ne pouvait rien lui refuser – surtout qu'elle l'avait menacé de lui retirer son nanan s'il n'acquiesçait pas à sa demande! Les autres membres de son clan avaient d'abord voulu la bannir, mais elle leur avait jeté le mauvais œil et ils avaient dû rapidement la reprendre.

Son savoir était immense et elle préparait une multitude de tisanes, de cataplasmes, de potions et d'onguents. Elle connaissait le remède à l'impuissance ainsi qu'à la stérilité, le poison qui faisait avorter en quelques heures, la recette d'un philtre d'amour infaillible. Elle pouvait guérir toutes les maladies ordinaires et calmer les douleurs les plus vives, rendre fou un homme sain d'esprit avec une simple goutte du venin qu'elle extrayait des pustules d'un certain crapaud, en tuer un autre dans la force de l'âge avec une minuscule parcelle de champignon. Elle prisait parfois une poudre euphorisante, fumait un mélange de feuilles et de graines qui lui procurait d'horribles et magnifiques visions. Un jour, grâce à une infusion verte et amère où j'avais cru distinguer le goût du cèdre et celui de l'écorce de saule, elle m'avait guéri d'une fièvre qui avait bien failli m'emporter. Elle fut même, en 1635, appelée au chevet de Champlain agonisant, frappé d'une attaque de paralysie, mais le grand homme était quasiment trépassé déjà et elle avait dit : «J'ai ben dés pouvouères, mais j'peux point ressusciter lés morts…»

Elle n'avait pas voulu quitter ma mère quand mon coureur de bois de père l'avait arrachée, à l'âge de treize ans à peine, à sa forêt natale pour l'amener vivre à Québec, loin de la hutte familiale. Mon père avait donc dû se résigner à la présence de cet encombrant chaperon sous son toit.

Ma mère… Je revois comme si c'était hier, malgré les trois siècles qui nous séparent à présent, son beau visage au dessin harmonieux, les chaudes teintes de cuivre et de bronze de sa peau, sa longue et chatoyante chevelure brune de martre et ses yeux en amande aux regards si doux qu'ils étaient des caresses à distance. Son nom huron, dont ma pauvre cervelle ramollie n'a malheureusement pas conservé le souvenir, signifiait «Jolie-Fleur-des-Bois», mais elle avait été rebaptisée dans la religion catholique et s'appelait pour nous tous Marie-Ange. Elle était bonne et généreuse et ne nous aurait jamais rien refusé si elle l'avait pu, mais l'argent manquait souvent à la maison et le garde-manger se retrouva vide plus d'une fois. Lors de ces sombres jours de disette, elle se voyait dans l'obligation de vendre son corps à tous ceux qui en voulaient bien et ils étaient fort nombreux à désirer sa bouche sensuelle, ses seins lourds et ses longues cuisses musclées aux reflets d'or rouge, d'autant plus qu'il y avait pénurie de femmes en la colonie. Pratiquement tous les hommes du régiment de Carignan, en véritable procession, venaient cogner à notre porte, parfois ivres morts, sortant tout droit du cabaret. Ils juraient, blasphémaient, crachaient par terre sans la moindre gêne, se considérant chez eux parce qu'ils payaient et se servaient de la maîtresse des lieux comme de leur épouse. Je les haïssais pour les tuer! De temps à autre, par la porte entrebâillée de sa chambre, j'apercevais ma mère allongée toute nue sur des draps crasseux et trempés de sueur, je contemplais un instant sa croupe de biche, sa fine cheville d'oiseau, et je pleurais en silence. Comment mon père pouvait-il abandonner avec autant de cruauté une femme aussi gentille et candide, une créature aussi désarmée? me demandai-je souvent sans trouver de réponse.

Celui-là, tandis que j'en parle, il ne se montrait le bout de l'oreille qu'une fois l'an ou à peu près, comme je l'ai déjà dit. Avec ses fidèles compagnons de route, il parcourait les forêts de la Nouvelle-France du sud au nord, de l'est à l'ouest, remontait en canoë d'écorce de bouleau la rivière des Outaouais jusqu'aux Grands Lacs et au-delà, le Saguenay puis les tributaires du lac Saint-Jean jusqu'à la baie de James, et la Manicouagan jusqu'aux confins de l'Ungava, échappant par miracle aux Iroquois – il fut le seul à se soustraire au massacre, dans le fort du Long-Sault, alors qu'il était un des hommes de Dollard des Ormeaux –, découvrant de nouveaux territoires dix fois plus vastes que la mère patrie dans la plus totale bonhomie, se souciant comme d'une guigne de passer à l'Histoire et laissant aux Radisson, des Groseilliers et Jolliet qui vinrent après lui, avec un détachement frisant la sainteté ou plus vraisemblablement la pure folie, le loisir de s'approprier toute la gloire et tous les honneurs.

Il troquait de la verroterie, des mousquets et de l'eau-de-vie contre des peaux de castor avec toutes les tribus rencontrées sur son chemin, et on sut peu avant sa mort qu'il avait eu au moins neuf femmes indigènes disséminées sur cet immense territoire, une Algonquine, une Tête-de-Boule, une Malécite, une Pied-Noir, une Cree, une Abénaquise, une Montagnaise, une Micmac et même une Esquimaude de la baie d'Hudson, ainsi qu'une flopée inouïe de petits bâtards métissés comme moi, ce qui fait que je suis, même encore aujourd'hui, parent avec la moitié du pays.

Au printemps, lorsqu'il avait enfin changé tous ses ballots de fourrures au comptoir de traite de Tadoussac ou des Trois-Rivières contre espèces sonnantes et trébuchantes, il réapparaissait soudainement à Québec, pareil au clown d'une boîte à surprise, en même temps que les oies blanches, les sarcelles et les colverts qui revenaient des pays chauds, et son grand rire sonore de géant retentissait puissamment dans notre cabane dont les murs manquaient s'écrouler chaque fois. Il apportait des tas de cadeaux pour se faire pardonner sa trop longue absence : des bijoux indiens et des étoles d'hermine ou de renard bleu pour sa femme, qu'il faisait surgir de sa besace tel un lapin d'un chapeau; des bâtons de sucre d'orge, de la tire d'érable en papillotes d'écorce et des dragées à la noisette pour ses enfants et tous ceux du voisinage, dont ses poches étaient bourrées à craquer.

Il mesurait près de six pieds et demi, avait les bras comme les branches maîtresses d'un orme et les cuisses comme des troncs de pin rouge, trimbalait clopin-clopant le poids et la carrure d'une armoire normande, se vêtait de peaux de bêtes et était plus chevelu et barbu qu'un bœuf musqué à l'approche de l'hiver. Je l'admirais jusqu'à l'adoration et l'écoutais religieusement raconter ses prodigieuses aventures. Selon ses dires, que je ne mettais jamais en doute, il avait lutté corps à corps contre un ours gris de mille livres et l'avait occis d'un coup de poignard en plein cœur, fait tournoyer un couguar au-dessus de sa tête en le tenant par la queue et chevauché un orignal durant plusieurs minutes pour finalement l'étrangler avec une lanière de babiche, assommé un buck wapiti d'un direct à la mâchoire, combattu une meute de trente loups armé de sa seule hache à double tranchant et les avait tous mis en pièces, rencontré le Wendigo qui avait bien failli le dévorer, affronté le Malin lui-même sous l'apparence d'un carcajou crachant et sacrant comme un ivrogne, évité de justesse d'être scalpé par un féroce guerrier mohawk, dormi tout nu sur un banc de neige pendant trois jours afin de chasser une fièvre de cheval, bu ensuite un gallon d'armagnac pour se réchauffer le sang et mangé douze livres de baleine crue en un seul repas, traversé le Saint-Laurent à la nage sur une largeur de vingt milles après que son embarcation se fût fracassée sur un gigantesque serpent de mer, abattu en entier un troupeau de mille six cents bisons du Mississippi, capturé un saumon de huit pieds de long à mains nues et vu de ses yeux vu un caribou à cinq pattes ainsi qu'un chevreuil à deux têtes…

«J'vous ai-t-i conté la fouais qu'j'ai tué soixante-quinze tourtes dans l'cormier à Josaphat Picard d'un seul coup d'fusil?» lançait-il parfois, «Où l'histouère d'l'outarde folle qui s'était z'amourachée d'moé pis qui v'nait s'jouquer su mon crâne?»

Et je buvais ses paroles, les engloutissais, la bouche grande ouverte, les yeux plus ronds et brillants que des sous neufs, ébahi, émerveillé, heureux.

Mes frères et mes sœurs aussi l'écoutaient avec avidité, n'en perdant pas une goutte, car ils savaient bien qu'il reprendrait le large aussitôt son répertoire épuisé. Par ordre décroissant en commençant par l'aîné, ils se prénommaient François, Laurent, Pierre, Lucie, Martial et Madeleine, que l'on appelait plus familièrement la Madelon. Cette dernière fut l'héroïne, à l'âge de quatorze ans, d'un fait d'armes d'une exceptionnelle bravoure, encore célèbre aujourd'hui, mais que l'on attribue par erreur à Madeleine Jarret, dite de Verchères, puisque nous avons pour coutume dans notre famille de nous faire voler nos exploits par des historiens incompétents et complètement fourvoyés. Quant à moi, je sais que ma sœur a combattu et vaincu à elle seule toute une bande d'Iroquois en peintures de guerre, et je continue chaque jour d'honorer sa mémoire et de la prier pour le salut de mon âme, car je suis sûr qu'elle est maintenant parmi les bienheureux et les anges, à la droite de Dieu.

Nous nous entendions en général très bien et notre mère nous avait appris à tout partager, comme cela se faisait chez les Indiens. Tout était à tout le monde, aucun d'entre nous n'avait la possession exclusive d'un jouet ni même d'un vêtement. Nous nous sommes aimés jusqu'à ce que la Faucheuse nous sépare, comme on disait à l'époque, car aucun autre que moi n'hérita d'une longévité anormale. François se fit boulanger, eut six beaux et gras enfants nourris de brioches et de pain blanc, et mourut dans son lit à soixante-douze ans de sa belle mort; Laurent devint cordonnier, eut trois filles et deux garçons bien chaussés, et périt avec sa femme à l'âge de cinquante-six ans dans l'incendie de sa maison; Pierre voulut être pêcheur, eut deux filles jumelles qu'il gorgea jusqu'à l'écœurement de morue au lait et de matelote d'anguille, et se noya au large de Kamouraska à trente-quatre ans lorsque sa barque chavira par une nuit de tempête; Lucie entendit l'appel de la religion et entra chez les sœurs hospitalières mais, ironie du sort, décéda un jeudi saint à l'âge de seulement vingt et un printemps, étouffée par une hostie; Martial qui, c'est le moins que l'on puisse dire, avait un nom prédestiné, choisit le noble métier des armes, survécut à de nombreuses batailles livrées contre les Agniers et plus tard les Anglais, fit huit marmots turbulents et chamailleurs, et s'éteignit dans sa quatre-vingtième année, victime d'une embolie à la suite d'une bagarre avec un de ses voisins; finalement, la Madelon épousa un gros épicier-boucher des Trois-Rivières, lui donna quatre grands gaillards qu'elle gava de charcuteries et de friandises, et expira à soixante-cinq ans, emportée à la fois par une tumeur au sein gauche et une gangrène à la jambe droite.

Papa, lui, cassa sa pipe dans les bras de l'une de ses nombreuses épouses illégitimes, quelque part en haut du lac Supérieur, à un âge respectable si le personnage l'eût été, c'est-à-dire quatre-vingt-douze ou quatre-vingt-treize ans, on n'en est pas sûr. Il était en train de faire l'amour à une petite jeunotte à peine pubère lorsque sa vieille patate flancha et qu'il rendit l'âme, rendant aussi par la même occasion, sur la tête et dans le dos de la pauvre fille qui se tenait à quatre pattes sous lui, la fesse d'orignal rôtie et la cruche d'eau-de-vie de cidre qu'il venait de s'envoyer une demi-heure auparavant. Quant à moi, étant donné ma vie fort longue et mouvementée, je fis trente-six métiers et, comme vous le savez, j'eus une pléiade de rejetons : c'est ce que vous narreront les prochains chapitres de ce livre si vous croyez qu'ils valent la peine d'être lus...

CHAPITRE II

*Où je deviens moi aussi coureur de bois, conduis
involontairement à l'abattoir mes quatre compagnons,
me fais capturer par des Iroquois grands docteurs ès tortures
et mets le feu aux poudres…*

L ORSQUE j'eus dix-sept ans bien sonnés, je voulus partir moi aussi à la recherche de pelleteries, marcher sur les traces du père, vivre la même vie que lui, que depuis ma tendre enfance je m'imaginais passionnante, mais je dus très vite déchanter. Il m'avait formellement interdit de le rejoindre, où qu'il fût. Il avait dit que je devais me débrouiller seul, apprendre les rudiments de ce dur métier en commettant les inévitables erreurs du débutant et surmonter mes échecs par mes propres moyens.

«La meilleure école, fiston, c'est l'école d'la vie!» avait-il lancé, tout fier de sa réflexion qui n'était qu'un horrible lieu commun et une hypocrite manière de se débarrasser d'un fils encombrant.

Je laissai derrière moi des frères et sœurs aimés ainsi qu'une mère que j'adorais et qui se trouvait dans le besoin, mais mon intention, noble entre toutes, était justement de rapporter le plus tôt possible de l'argent pour la secourir, pour la tirer de sa misère matérielle et du lit de ses débauches obligées.

J'avais rassemblé à ma suite un petit groupe d'amis, anciens compagnons de mes jeux d'enfant ou camarades de classe, qui devinrent mes associés dans l'aventure, et nous allâmes nous engager pour un riche commerçant qui cherchait du sang neuf. Malgré le peu d'écus que nous possédions en commun, nous avions réussi à nous procurer les trois canoës d'écorce de bouleau dont nous avions besoin — nous étions six en tout, deux par embarcation, si l'on compte le vieux Huron aviné qui avait accepté de nous guider vers les pays d'En-Haut moyennant quelques rasades d'alcool —, de même que les vivres nécessaires pour plusieurs mois en forêt et les diverses marchandises destinées à l'échange avec les Indiens, qui consistaient en perles de verre colorées, miroirs, alènes, fers de flèches, couteaux, hachettes, fusils, poudre et plombs, couvertures et capots de laine, farine de maïs, tabac, et surtout eau-de-vie, même s'il était formellement interdit d'en faire le commerce avec les Sauvages. En effet, les autorités, autant religieuses que civiles, défendaient de troquer des boissons enivrantes contre des fourrures sous peine de cinquante livres d'amende, ou du fouet, faute de payer. Elles menaçaient même les contrevenants d'être envoyés aux galères en cas de récidive, mais le cognac frelaté demeurait la meilleure monnaie d'échange qui fût et nous avions décidé nous aussi, comme tout le monde, de passer outre au règlement : nous ne pouvions nous en priver si nous voulions vraiment faire fortune.

Nous fîmes donc nos adieux à nos familles respectives et partîmes par une belle matinée de printemps. Notre cœur était gonflé d'orgueil et d'ardeur juvénile, mais en même temps serré par une crainte inavouable et une certaine tristesse. Ma mère m'envoya la main jusqu'à ce que mon canoë eût disparu à l'horizon, et je retins à grand-peine une larme qui m'agaçait le coin de la paupière.

Au début, tout était mirifique, les berges des rivières que nous empruntions, ombragées par des pruches, des érables et des pins gigantesques, les cascades toutes blanches d'écume couronnées d'une poussière de fines gouttelettes irisées, les envols multicolores de canards sauvages au-dessus de nos têtes et les bancs de poissons rutilants sous nos embarcations, et, malgré les muscles endoloris de nos bras et de nos épaules, malgré la fatigue des portages difficiles, nous trouvions un charme exquis à notre voyage.

Nous mangions le gibier déniché en cours de route et, tout comme mon père, j'avais la chasse dans le sang. Une fois, je capturai au vol, par ses longues pattes, un grand héron bleu surpris en train de pêcher, qui nous survolait au ras des cheveux. Quelques heures plus tard, j'assommai, d'un puissant coup d'aviron entre les yeux, un chevreuil qui s'était avisé de traverser la rivière à la nage, et les deux bêtes furent délicieuses rôties à la broche, au soir, lorsque nous bivouaquâmes sur la grève.

Cependant, nous ne pagayâmes pas une semaine avant d'être attaqués par une bande d'Iroquois bariolés et plus enragés que des démons. Ceux-ci détestaient les Français parce qu'ils s'étaient alliés aux Hurons et aux Algonquins, leurs ennemis de longue date, et voilà que leur tombaient tout cuits dans le bec cinq jeunes gringalets français sans la moindre expérience du combat et un vieux chef de clan huron qui leur avait jadis fait la guerre, ce qu'il s'était bien gardé de nous avouer!

Nicolas reçut une flèche en plein cœur, tandis qu'une autre lui crevait l'œil droit pour ressortir par l'occiput, maculée de cervelle. Jacques eut le crâne fracassé, ouvert en deux comme une vulgaire citrouille, par un coup de tomahawk donné à toute volée. Une lance traversa Simon de part en part à la hauteur du nombril, puis on l'égorgea lâchement par-derrière pendant qu'il essayait d'arracher l'arme de son ventre. Étienne, le vieux Huron et moi furent les seuls à être capturés vivants.

Au campement des Iroquois, où l'on nous conduisit pieds et poings liés après nous avoir roués de coups de bâton et presque rompu tous les os, le pire nous attendait encore. En effet, la coutume voulait, chez ce peuple particulièrement féroce, que l'on torturât les prisonniers de la plus cruelle façon et le plus longtemps possible, ceci dans le but de les honorer en leur procurant une mort digne d'un véritable guerrier. Si jamais vous vous mettiez à crier votre douleur, ce qui normalement arrivait, vous n'étiez plus pour eux qu'un misérable lâche ne méritant que railleries et profond mépris. De plus, ils vous avaient volé votre âme, l'empêchant d'être admise au Territoire des Ancêtres, ce qui était leur plus grande victoire.

Les femmes se montrèrent spécialement barbares, Dieu sait pourquoi. La notion de «douceur féminine» leur était totalement étrangère, c'est le moins qu'on puisse dire! Elles s'acharnèrent sur le pauvre Étienne, qu'elles semblaient pourtant trouver joli garçon. Elles lui arrachèrent tous les ongles des deux mains avec leurs dents, s'arrêtant lorsqu'il s'évanouissait pour recommencer aussitôt qu'il reprenait connaissance, lui coupèrent les lèvres et le nez au couteau, lui défoncèrent les tympans avec une branchette pointue. L'une d'entre elles le mordit même aux testicules, les arracha, les mastiqua et les avala toutes crues devant ses yeux horrifiés, dans une fureur si grande qu'elle paraissait possédée.

Le vieillard, quant à lui, fut plutôt harcelé par les enfants. Ils le brûlèrent un peu partout avec des tisons, lui tranchèrent une oreille d'un coup de hachette, lui transpercèrent un sein à l'aide d'une flèche, passèrent une lanière de cuir dans la plaie béante puis tirèrent sur celle-ci à deux mains pour arracher les muscles et déchirer la peau.

Pendant tout ce temps, nos ballots de marchandises avaient été éventrés et l'«eau-de-feu», comme ils l'appelaient, avait coulé à flots. C'est pourquoi leur frénésie s'était un peu calmée quand vint mon tour, et je dois en fait mon salut à cette boisson que l'on avait voulu nous interdire de trafiquer. Ivres morts, deux hommes au visage peinturluré, de même que trois femmes grotesquement parées des colliers et vêtues des capots trouvés dans nos bagages, me torturèrent mollement, me tordant les pouces afin de les casser mais ne réussissant qu'à les luxer, me roussissant aux cuisses avec une bûche presque éteinte, arrachant quelques poignées de poil à la toison pectorale que j'ai héritée de mon père et qui semblait les fasciner, eux qui étaient entièrement glabres.

Seul l'Indien avait gardé un silence impassible. Étienne et moi avions hurlé comme des déments – moi bien plus pour faire accroire que je souffrais vraiment, il faut le dire –, et mon cher compagnon expira peu de temps après sa terrible blessure aux parties génitales. Nous restâmes donc deux attachés aux poteaux, tandis que nos ennemis, fin soûls, dormaient par terre, vautrés dans notre sang et leur vomi.

Au milieu de la nuit, après des efforts surhumains qui avaient ravivé la douleur de mes pouces tuméfiés, je réussis à dénouer les liens à mes poignets. Dans le silence le plus total, en marchant sur le bout des orteils et en retenant ma respiration au point de devenir bleu, j'allai détacher le Huron. Puis, nous nous dirigeâmes de concert vers le panneau d'écorce qui servait de porte, à l'autre extrémité de la longue hutte, enjambant avec une précaution infinie les corps assoupis. Tout à coup, j'ignore pour quelle raison, une de ces brutes se réveilla en sursaut, nous vit, et donna l'alerte en se mettant à hurler comme un chien qui s'est fait écraser la queue. Dans un éclair, galvanisé par la peur, je m'emparai d'une hache qui traînait et lui tranchai la tête dans un élan d'une telle énergie que celle-ci s'envola et se rendit assommer un autre de nos ennemis qui la reçut en plein front, tandis que l'arme elle-même, qui m'avait échappé des mains, alla se ficher dans la poitrine d'un troisième lascar. J'agrippai ensuite au passage un mousquet, par chance déjà chargé, et fit feu en direction d'un des petits barils de poudre de nos marchandises. L'explosion qui s'ensuivit nous projeta, mon ami et moi, bien loin de nos assaillants, dans la rivière qui coulait aux abords du campement. Des membres humains, de larges morceaux de chair et des viscères retombèrent tout autour de nous au milieu des gerbes d'eau, pendant que le ciel nocturne était illuminé par un formidable feu d'artifice…

CHAPITRE III

Où je trouve à la fois l'amour et la fortune et les perds
aussitôt tous les deux, puis échappe de justesse à la mort,
deviens la mère adoptive de deux oursons,
et finalement me remplume…

N OUS N'AVIONS RÉUSSI à sauver du désastre qu'un malheureux canoë complètement vide, et nous nous dirigions vers l'ouest, fuyant cet épouvantable endroit où tous mes compagnons avaient péri, lorsque le vieux chef huron me dit, sur un ton très doux :

«Sèche tes larmes, mon fils, car tes amis ont combattu en braves et sont maintenant au Paradis. Quant à moi, non seulement je te dois la vie, mais tu m'as épargné d'effroyables tourments et je t'en serai à jamais reconnaissant. Je te conduis pour l'heure à mon village. Là, tu trouveras toutes les peaux que tu voudras, et je t'en ferai cadeau. J'ai aussi une fille, Rayon-du-Matin, belle comme le jour. Elle sera ta femme, je te la donne…»

Il avait prononcé tout cela dans la langue huronne, évidemment, mais je la comprenais puisque ma mère me l'avait enseignée alors que j'étais encore sur ses genoux. Inutile de vous dire que j'étais soufflé. Les choses s'arrangeaient, à la fin, et je cessai effectivement mes pleurs.

Nous pagayâmes durant plusieurs jours avant d'arriver chez mon nouveau protecteur. Nous fûmes accueillis en héros par tous les membres du clan – moi encore plus quand ils surent que j'avais délivré leur chef –, et un pawa monstre fut organisé en notre honneur par les femmes. Le territoire était particulièrement giboyeux et sur de longues perches furent embrochés des lièvres, des castors, des porcs-épics, des perdrix et des canards. Un ours avait été tué, de même qu'un cerf, et leur viande en gros quartiers bouillait dans d'immenses marmites, appelées chaudières à l'époque, où l'on jetait aussi à pleines calebasses des haricots secs, des grains de maïs et des cubes de potiron. Dans un autre chaudron, c'était une soupe de poisson qui mijotait, débordante de truites, de brochets, d'achigans et de perchaudes, et le fumet qui en émanait titillait mes boyaux vides depuis trop longtemps. Les enfants, quant à eux, reluquaient le dessert, car dans des pots en terre cuite ou des cassots d'écorce attendaient les confitures de framboises, d'atocas ou de gadelles, la pâte de bleuets, les noix et le sucre d'érable.

Nos écuelles se remplirent de victuailles, puis se vidèrent rapidement au profit de nos ventres pour se remplir à nouveau tout aussi vite. Les Hurons, l'abdomen bientôt gonflé, rebondi, se mirent à roter à qui mieux mieux et, gamins comme toujours, jouèrent à celui qui produirait l'éructation la plus sonore et la plus longue.

Mon hôte, qui au fait s'appelait bizarrement Renard-qui-Défèque – je n'arrivai jamais à savoir pourquoi! –, ses plaies nettoyées et pansées, la mine réjouie par la boustifaille, vint vers moi à la fin du repas et me présenta la fille qu'il m'avait promise. Les ayant vus venir de loin, m'ayant imaginé une horrible squaw que personne ne voulait baiser et juste assez bonne pour un Blanc, je m'étais préparé à lui opposer un refus poli mais, quand j'eus cette merveille des merveilles devant mes yeux éblouis, je ne songeai plus du tout à dédaigner un tel présent. Je me serais plutôt fait couper la langue! «Rayon-du-matin» me sembla une métaphore bien faible pour décrire un tel resplendissement : sa chevelure était une forêt lustrée d'où jaillissaient des papillons de lumière et des colibris chatoyants; dans les lacs sans fond de ses yeux bordés d'épinettes noires ondulaient des truites arc-en-ciel et des ouananiches aux flancs d'argent; les collines de son front et de ses joues scintillaient dans le soleil, vibraient et frémissaient de leur seule beauté printanière; dans son rire cristallin s'entendait toute la limpide musique de la source cascadant sur les cailloux, et ses gestes avaient la grâce fluide des jeunes saules qui ploient doucement dans le souffle léger de l'aube… J'étais époustouflé, paralysé, paniqué, j'avais l'air d'un triple idiot! Quand elle me sourit en me regardant bien en face, ses petites dents blanches et pointues brillant comme celles d'une martre affamée de vie, et qu'elle me dit : «Tu es ma chair, tu es mon sang…», je fondis littéralement sur place.

Je ne me souviens plus comment je me suis retrouvé sur sa couche de rameaux de sapin et de fourrures, au fond d'une hutte sombre. Tout s'est passé très vite. On dit souvent, par méchanceté, que les Indiens de cette époque étaient sales… Mais les Français l'étaient aussi, crénom! L'eau chaude ne coulait pas à volonté d'un robinet, et le savon était rare. Cependant, nous n'avions pas honte ni peur de nos odeurs corporelles et parfaitement naturelles; tout ce qui vit possède senteur de vie. Aujourd'hui, dans notre univers synthétique, tout est lavé, récuré, stérilisé, même notre peau est aseptisée, comme si l'on voulait qu'elle ressemble elle aussi à du plastique!… Toujours est-il que nos corps, en cette nuit fraîche à l'extérieur mais torride sous les couvertures, dégageaient les effluves normaux de la bête humaine mariés à ceux des sueurs et sécrétions d'amour, et nous nous y complûmes pendant des heures! Nous nous enlacions à nous broyer les côtes, nous embrassions à nous étouffer, nous dévorions littéralement, laissant la marque de nos morsures dans le cou et sur les épaules de l'autre. C'était un coup de foudre réciproque, fabuleux et colossal!

Nous recommençâmes avec autant de fougue le lendemain, et le surlendemain… Et Renard-qui-Défèque ne m'avait pas menti! On m'apporta, tels des présents à un dieu, des tonnes et des tonnes de pelleteries, des fourrures noires de castor, de loutre et de vison, des fourrures fauves de loup, de raton laveur et de pékan, des fourrures rousses de renard, d'écureuil et de lynx, des fourrures blanches de belette, d'hermine et de lièvre d'hiver, des peaux tannées d'orignal, de chevreuil et de caribou, des sacs bourrés à craquer de duvet d'oie, d'eider ou de canard… Je n'avais que l'embarras du choix et le tri fut difficile à faire, car je ne pouvais évidemment pas tout emporter!

Je restai plus d'un an avec mes nouveaux compagnons, et repartis à la fin du printemps suivant, accompagné de mon épouse – je comptais bien faire officialiser notre union par un prêtre le plus tôt possible –, qui se mourait d'envie de voir Québec, qu'elle ne connaissait que par ouï-dire, et d'une douzaine de solides guerriers qui avaient reçu l'ordre de m'escorter afin que j'arrivasse à bon port. Mais le malheur devait fondre sur moi une fois de plus, car les Iroquois, qui ruminaient leur vengeance depuis l'affront que je leur avais fait, n'attendaient que le moment propice pour me rendre la monnaie de ma pièce.

Nous tombâmes dans une embuscade à un tournant de la rivière. Ils n'étaient pas moins d'une centaine, et nous n'avions donc aucune chance. Ce fut un massacre, un véritable carnage qu'il m'est encore aujourd'hui pénible de décrire. Des douze braves Hurons, pas un ne survécut. Ils furent tous égorgés, éventrés, émasculés, fusillés, transpercés de flèches, de javelots ou de poignards, étranglés, assommés, noyés, saignés à blanc ou dépecés vivants. Ma chère amie – Oh! mon Dieu, pourquoi tant d'horreurs en ce monde? –, mon adorable Rayon-du-Matin, fut atrocement défigurée par un fou furieux qui s'acharna sur son visage à coups de casse-tête redoublés… Quant à moi, atteint d'une flèche à l'épaule et d'une autre à la cuisse, je basculai dans la rivière et fus emporté par les eaux gonflées par la fonte des neiges et les pluies torrentielles que nous avions eues ce printemps-là. Mes ennemis me crurent probablement mort, et je fus entraîné par un puissant courant jusqu'à une petite crique où je pus enfin reprendre haleine et pied, cracher toute l'eau que j'avais avalée, puis retirer les dards qui me brûlaient la chair.

Je perdais beaucoup de sang, mais j'avais appris à me soigner à l'indienne grâce à mes amis indigènes et j'appliquai d'abord de la gomme de sapin sur mes plaies, ce qui devait à la fois les désinfecter, arrêter l'hémorragie et activer la cicatrisation, puis je les pansai avec de larges bandes d'écorce de bouleau maintenues en place par des liens de fines racines.

Il ne me restait plus qu'à me chercher une bonne cachette et à attendre que tous ces damnés Iroquois aient quitté la région. Je la trouvai dans la montagne, un simple trou, entre les rochers d'un éboulis, qui formait une petite caverne bien camouflée parmi les ronces et les épilobes. J'y pénétrai sans me douter le moins du monde que c'était l'antre d'une énorme ourse noire. Tout ce que j'avais sauvé de ma quasi-noyade était le grand couteau de chasse que je gardais toujours à la hanche, dans son fourreau de cuir. Dans un réflexe, je le dégainai à toute vitesse lorsque la monstrueuse créature chargea pour défendre ses rejetons qu'elle croyait en péril, et la longue lame s'enfonça dans sa gueule quand elle chercha à me mordre, lui perforant le palais et détruisant la base de son cerveau. Elle s'écroula sur moi, m'écrabouillant presque, et, après quelques spasmes et soubresauts effroyables, mourut littéralement dans mes bras.

J'avais fait d'une pierre deux coups. En effet, sa viande me nourrirait pendant des jours avant de se trop corrompre, tandis que son épaisse fourrure, quoique nauséabonde, convenablement grattée et nettoyée, me protégerait de la fraîcheur des nuits dans cette grotte humide. Les deux petits qu'elle avait eus au cours de son hibernation, indifférents au décès de leur mère, trop jeunes pour comprendre, se jetèrent sur mes mains et cherchèrent à téter mes doigts, qu'ils prenaient pour des mamelles. Réalisant enfin qu'ils ne pourraient rien en tirer, ils se tournèrent vers le cadavre de leur génitrice et réussirent à sucer les dernières gouttes de lait que celle-ci avait produites... Ainsi va la vie, aveugle, implacable, toujours plus forte que la mort.

Heureusement, ils étaient déjà à moitié sevrés, et je pus les nourrir par la suite de bulbes printaniers, de tendres tubercules de nénuphar ou de quenouille que je réduisais en purée, de fleurs sauvages, de bourgeons délicats et de jeunes feuilles sucrées, gorgées de sève nouvelle. Ils grandirent et grossirent à une vitesse fulgurante, et furent bientôt assez forts pour me suivre à la pêche ou dans mes chasses matinales, car, sans mes guides hurons, j'étais perdu, je n'avais pas la moindre idée de l'endroit où j'étais; …et je ne vivais plus qu'au jour le jour, cherchant ma pitance quotidienne comme la bête que j'étais devenu, sans penser au lendemain. J'avais quand même quitté ma cachette et allais toujours plus loin dans la direction que j'espérais être celle de Québec, les deux oursons sur mes talons, et le soir venu je dormais n'importe où, à même la terre, parfois couvert de quelques branches de sapin pour couper un peu le vent. Maringouins, taons à chevreuil et brûlots me dévoraient tout cru malgré les épaisses et répugnantes couches de glaise qui devaient m'en préserver, mais, à part ce désagrément, je ne détestais pas ma nouvelle vie. J'étais plus libre que je ne l'avais jamais été, libre comme l'animal, libre comme l'oiseau, me sustentant de peu, des œufs de perdrix noire trouvés au hasard, sur le sol, quelques poignées de baies, un lièvre attrapé par surprise, une alose ou un saumon capturé par mes copains à quatre pattes, qu'ils daignaient bien m'abandonner.

Dans mon abrutissement, mon avance machinale, j'avais réussi à oublier ma douce amie et tous mes chers disparus. Une seule fois, à l'automne, je rencontrai d'autres Iroquois, un petit groupe de quatre ou cinq éclaireurs qui furent mis en fuite par mes ours, qui avaient maintenant la taille de grands chiens et pesaient une centaine de livres chacun. Ceux-ci les griffèrent aux fesses et aux cuisses alors qu'ils couraient vers leurs canoës, et leur sang coula aussi pourpre que les feuilles tombées des arbres, me mettant au cœur une joie que je n'avais pas goûtée depuis bien longtemps.

J'arrivai à Québec alors que l'hiver recommençait à se pointer, dans la première tempête de neige de l'année, maigre à faire peur à un zombi, épuisé, avec une barbe tombant jusqu'au milieu de la poitrine et, au creux de mes orbites cavées, des yeux de fou qui effrayèrent d'abord tout le monde, y compris ma propre mère. Puis, elle me reconnut enfin et se jeta dans mes bras si fort que je tombai à la renverse, m'embrassa partout, sur le front, les paupières, les joues, la bouche, me couvrant de gros bécots sonores et de larmes de joie.

Mes deux ours aussi firent peur de prime abord au voisinage, mais ils possédaient encore l'enthousiasme débordant de la jeunesse; ils étaient si enjoués qu'ils devinrent bien vite les gros nounours en peluche de tous les enfants, *teddy bears* vivants qui auraient pu les décapiter d'un seul coup de patte! Si Lustucru avait été encore de ce monde, ils s'en seraient fait un ami tellement ils étaient adorables. Nourris comme des porcs d'épluchures de légumes et de trognons de choux, de pommes gâtées, de surplus de maïs et de restes de table, ils se transformèrent en l'espace de quelques mois en gigantesques boules de poil noir que nous avions toujours dans les jambes. Ils n'avaient presque pas hiberné, cela en raison de la chaleur étouffante de notre cabane où la cheminée ne dérougissait plus depuis que ma mère avait si souffert du froid lors de ma naissance, et n'avaient pas voulu mettre un orteil dehors, terrifiés par la neige. Au printemps suivant, ma mère n'en pouvait plus et me somma de m'en débarrasser.

«C'est eux ou moi!» avait-elle lancé sur un ton qui ne souffrait pas la réplique, et en langue huronne tant elle était en colère, puis elle avait ajouté : «Défais-toi de ces monstres, mais sans leur faire de mal... Rends-leur simplement la liberté.»

En fait, elle les avait tolérés tout ce temps moitié par crainte, moitié par vénération car, pour les Indiens, l'ours était l'ancêtre des humains. Ils l'appelaient affectueusement «Grand-Père» et lui vouaient le plus grand respect. Quant à moi, j'avais peine à m'en séparer, puisqu'ils avaient été mes compagnons d'infortune, mes frères de misère durant de longs mois, et m'avaient probablement sauvé la vie. Je décidai donc de repartir au «pelu» et de les amener avec moi, d'autant plus que je n'avais rapporté aucun argent à ma mère, que j'en devais au traiteur qui m'avait engagé, et que j'étais rongé par la honte. J'avais quelque chose à prouver, un affront à réparer, ainsi que mon honneur à sauver.

Je m'engageai donc un bon matin pour le même trafiquant, qui accepta de me donner une seconde chance, mais je m'incorporai à une équipe déjà formée, des hommes aguerris que je ne connaissais que de vue. Que dire de cette nouvelle course sinon qu'elle se déroula sans encombre, qu'elle fut extrêmement fructueuse et me vengea en quelque sorte de ma mésaventure précédente. Il y eut bien encore quelques-uns de ces satanés Iroquois, malgré le fait que nous ayons emprunté une route différente et nous étions plutôt dirigés vers le nord en remontant le Saint-Maurice, mais mes deux acolytes les mirent en pièces assez rapidement et nous fûmes tranquilles par la suite, la nouvelle s'étant répandue parmi ces êtres superstitieux que j'étais un esprit, un revenant, et le «Maître des Ours».

Lorsque nous arrivâmes sur les bords du lac Saint-Jean, ma réputation m'avait précédé. Une délégation vint nous accueillir, moi plus spécialement, et tout ce beau monde fut émerveillé de voir mes deux amis à fourrure me suivre et m'obéir comme de bons toutous. C'étaient des Montagnais et leur village d'été, où nous fûmes conduits, consistait en quelques dizaines de petits wigwams familiaux très différents des longues et spacieuses cases collectives des Hurons et des Iroquois en général. Nous y passâmes l'hiver dans le plus grand inconfort, gênés par l'exiguïté des lieux, la promiscuité, le froid qui pénétrait la cahute malgré les peaux de caribou qui avaient remplacé l'écorce de bouleau sur l'armature de perches, mais surtout la fumée qui, à la longue, nous causait des nausées, nous brûlait les yeux et nous asphyxiait, n'en ayant pas comme nos hôtes l'habitude. De plus, j'eus le chagrin de perdre Pouf et Paf – je les avais finalement baptisés ainsi –, qui ne supportaient pas plus que nous de se faire boucaner par les feux de bois, qui allèrent hiberner quelque part sur les hauteurs je suppose, et que je ne revis jamais. Cependant, le séjour fut des plus profitables car, me prenant réellement pour un ressuscité, une sorte de manitou, les Montagnais me donnèrent une quantité de pelleteries encore plus importante que celle obtenue des Hurons l'année d'avant.

CHAPITRE IV

Où je me marie, fais sept enfants en trois ans, et participe
à quatre batailles contre messieurs les Anglais...

LE RETOUR à Québec fut pour moi triomphal. Je
remboursai le marchand, à qui je devais une petite
fortune, et fis cadeau à ma mère d'une belle bourse pleine
d'écus. Il m'en restait même assez pour me marier et
m'établir, et c'est ce que j'entrepris de faire sans tarder. Une
des «filles du Roy» débarquées quelques années plus tôt,
Aurore Delorme, tout de suite mariée et tout de suite
veuve, était libre, et je désirais oublier le plus vite possible
la perte tragique de Rayon-du-Matin, chasser la douleur
qui me taraudait le cœur.

Ces filles à marier, riches d'une dot royale en argent,
vêtements et menus objets domestiques, étaient envoyées
par Louis XIV pour aider à peupler la colonie. Orphelines,
filles pauvres, elles venaient tenter leur chance en terre
d'Amérique, chercher mari, fonder famille, dans une
nouvelle patrie où elles auraient plus de place que dans
l'ancienne. Elles étaient pour la plupart jolies, et Aurore
flamboyait plus qu'aucune avec ses grands cheveux dorés,
ses yeux de ciel clair et son teint rose qui faisait plaisir à
voir. De plus, elle avait hérité de la terre et de la maison
de feu son époux, ce qui ne gâchait rien. Moi, avec mes
six pieds huit pouces et mes deux cent cinquante livres tout
en muscles, riche de mes vingt ans et des revenus de mon
voyage, j'étais, je crois, un bon parti. Elle venait de la

Normandie et, quand je lui appris que mon père était lui aussi originaire de cette région, l'affaire fut réglée.

Ce père, au fait, n'était pas au mariage. On ne l'avait pas vu depuis deux ans, deux ans et demi, et cette fois il exagérait franchement. La cérémonie fut quand même chaleureuse et agréable. Nous avions invité à la noce tous nos parents, amis et voisins, et le cidre coula à torrents. Sur la longue table dressée en plein air trônaient des jambons, des rillettes, que nous appelions déjà cretons, des saucisses, du boudin, des poulets, des pâtés de tourtes ou pigeons sauvages en croûte, des gélinottes et autres perdrix, des oies des neiges et des outardes, des lapins domestiques et des lièvres, des anguilles, saumons et esturgeons fumés, et même, bizarreries du pays neuf, des queues de castor ainsi qu'un mufle d'orignal, tout cela accompagné comme il se doit d'énormes miches de pain blanc ou bis, de montagnes de navets, carottes et quartiers de chou, de piles de gâteaux de toutes sortes et de masses dégoulinantes de confitures diverses inondées de crème fraîche… Tout fut avalé dans le temps de le dire, si bien qu'il n'en resta pas même une miette pour les chiens. Le scorbut avait peut-être fait des ravages parmi les hommes de Cartier, mais nous étions bien loin de cette époque!

Je ne regrettai pas mon contrat, car le bien était fort beau, autant la terre et l'habitation que la femme. Une terre grasse, une habitation solide, une femme grasse et solide. Le sol, convenablement essouché, épierré, labouré, irrigué, donna force minots d'orge, de maïs et de bon blé, un peu d'avoine et de sarrasin, du foin plus vert qu'en Irlande, des pois et des haricots en abondance, moult oignons bien charnus et de colossales citrouilles. Les vaches étaient prodigues de leur lait, les truies de leurs cochonnets, et les poules de leurs œufs. La maison elle-même fit des petits, des bâtiments se collèrent à ses flancs, un hangar à bois, une étable plus grande, une vaste grange. Pour ce qui est d'Aurore, elle accoucha de deux couples de jumeaux en deux années consécutives, Louis et Louison la première année, François et Françoise la seconde. Puis, la troisième année, elle donna naissance à des triplets : Marie et Angélique, parfaitement identiques, et, issu d'un deuxième œuf, Joseph, qui leur ressemblait aussi de visage mais possédait évidemment un petit quelque chose en plus... Par chance, ma mère et quelques voisines l'aidèrent beaucoup à s'en sortir au début, car elle n'arrivait pas à s'occuper seule d'une telle marmaille!

À notre façon, nous participions à l'essor agricole et économique de la colonie amorcé par les politiques de l'intendant Talon, et nous étions parfaitement heureux, mais mon éternelle bougeotte, héritée sans doute de mon père, me reprit à l'âge de trente-trois ans. Après l'effroyable nuit du 5 août 1689, où quatorze cents Iroquois, à l'instigation des Anglais de la Nouvelle-Angleterre, avaient envahi le canton de Lachine, incendiant fermes et récoltes, laissant derrière eux près de deux cents cadavres, des hommes dépecés comme des animaux de boucherie, des femmes empalées, des enfants scalpés tout vifs parmi lesquels se trouvaient par malheur mon neveu Victor et ma nièce Lyse, je voulus faire partie de l'expédition vengeresse commandée par les sieurs de Sainte-Hélène et d'Ailleboust de Mantet. De passage à Montréal pour affaires, ayant eu vent du raid préparé contre Albany, je me portai aussitôt volontaire pour en être. Après avoir envoyé une lettre explicative à mon épouse, je pris donc le chemin de la Nouvelle-Angleterre avec deux cents autres hommes environ, Français et Indiens à parts égales.

Nous marchâmes pendant trois longues et pénibles semaines, dans les neiges épaisses et le vent glacial de février. À deux lieues de Corlar, nous décidâmes de modifier notre plan initial et de plutôt attaquer ce village, ce qui, effectivement, était beaucoup moins téméraire. Vers onze heures du soir, le dix-huit février si ma mémoire est bonne, nous débouchâmes sur ledit village fortifié. Nos Indiens, après un bref discours d'encouragement de leur chef, attaquèrent aussitôt en hurlant comme des démons et nous les imitâmes, ayant nous aussi, par nos intentions mêmes et dans le feu de l'action, renoncé au statut d'êtres civilisés.

Nous incendiâmes le fort et les maisons, et tuâmes tous ceux qui osaient se défendre, hommes, femmes ou jeunes. Je n'ai pas honte de le dire, même si cela ne fait pas très héroïque, car à la guerre comme à la guerre après tout : j'ai moi-même, je l'avoue, éliminé de la surface du globe – passé au fil de l'épée pour l'un et refroidi d'un coup de pistolet pour l'autre – deux jeunes garçons de quinze ou seize ans qui auraient pu être mes fils. Quand l'on fonce sur vous armé d'une masse de plusieurs kilos ou d'une faux brandie bien haut, il n'est pas très recommandé de réfléchir une demi-heure avant de réagir! Ce n'est vraiment pas le temps ni le lieu pour les grandes questions philosophiques ou les angoisses existentielles, à mon avis, même si j'eus préféré de beaucoup que les choses prissent une autre tournure…

Le carnage dura deux bonnes heures et nous passâmes le reste de la nuit à reprendre haleine et à nous désaltérer. Le sieur de Sainte-Hélène avait ordonné d'épargner l'habitation du ministre afin de le prendre vivant et d'en obtenir des renseignements mais, comme personne ne le connaissait, celle-ci brûla avec les autres dans le brasier géant. On n'y retrouva qu'un cadavre calciné parmi des parchemins tout aussi carbonisés. À la barre du jour, nous passâmes à l'assaut de la maison du major de la place, un certain Sander. Ce dernier, après une offre de reddition, mit bas les armes. Nous ne laissâmes debout que deux demeures sur quatre-vingts, et vivants que cinquante ou soixante Blancs, pour la plupart des femmes, des enfants et des vieillards, de même qu'une trentaine d'Iroquois, à qui nous désirions montrer que c'était aux Anglais, et non à eux, que nous en voulions. Quant à nous, nous n'avions perdu en tout et pour tout que deux hommes dans la bataille.

Au cours du voyage de retour, nous dévorâmes trente-quatre des cinquante chevaux que nous avions pris à l'ennemi. Dix-neuf d'entre nous périrent quand même de froid ou d'épuisement…

Je n'étais pas sitôt revenu à Québec que la flotte de l'amiral Phips mouillait devant nos fortifications et que ce dernier sommait Frontenac de se rendre. Deux jours après la célèbre réplique de notre gouverneur, qui avait fait «savoir à son ennemi qu'il ne répondrait que par la bouche de ses canons», environ deux mille soldats débarquaient sur la grève de Beauport. J'étais du nombre des quelque trois cents hommes qui se portèrent à leur rencontre.

Engageant le combat à la manière des Indiens, c'est-à-dire en petits groupes dispersés derrière les arbres, nous eûmes facilement le dessus sur ces Anglais, nobles, certes, mais patauds, qui combattaient encore à l'européenne, en gros bataillons serrés, compacts, destinés bien plus à la plaine qu'à la forêt, et donc extrêmement vulnérables à nos multiples petites attaques provenant de tous les côtés à la fois. Cent cinquante d'entre eux au moins furent tués, contre seulement trois ou quatre des nôtres. Moi, je ne serais pas en train de vous relater mes Mémoires si la boucle de mon baudrier n'avait pas arrêté une balle qui prenait le chemin de mon estomac et si, quelques minutes plus tard, mon ceinturon de cuir n'avait pas de la même façon servi d'écu contre un puissant coup de baïonnette. De son côté, le comte de Frontenac, tenant sa promesse, rendait boulet pour boulet à Sir William Phips, si bien que celui-ci tira sa révérence en même temps que ses dernières munitions et qu'on n'entendit plus jamais parler de lui.

Ayant connu Pierre Le Moyne d'Iberville au cours du raid contre Corlar alors qu'il n'était qu'un jeune militaire presque anonyme, séduit par son courage et sa force de caractère, je m'en étais fait un ami et je ne le quittais plus. Le 5 novembre 1697, dans les eaux glaciales de la baie d'Hudson, j'étais à ses côtés sur le Pélican, et j'ai participé à l'extraordinaire combat qui l'a rendu définitivement célèbre.

Un seul navire contre trois, le Hampshire coulé, le Dering mis en fuite et le Hudson Bay capturé, et les territoires du Nord étaient repris aux mains des Anglais! Et cela, sans que personne ne soit tué de notre côté dans l'engagement, seulement dix-sept blessés, dont j'étais. Atteint d'une balle de mousquet au bras – je garde encore la cicatrice de cet accident à l'épaule gauche, ressemblant étrangement à celle, incrustée, de votre vaccin ovale –, je pus quand même armer un canon à moi tout seul et lancer un des boulets qui firent sombrer le Hampshire. «Bravo, camarade!» m'avait lancé le grand homme, en me regardant avec affection.

J'étais un de ses cent vingt-cinq hommes aussi, à Terre-Neuve, pendant ses quatre mois de campagne. Nous parcourûmes le littoral comme un raz-de-marée, de sorte que tous les postes de la côte de la péninsule d'Avalon furent détruits ou pillés : Saint-Jean, Renews, Fermeuse, Aquaforte, Ferryland, Bay Bulls, Petty Harbour, Quidi Vidi, Torbay, Cape St. Francis, Portugal Cove, Port Grave, Brigus, Bay de Verde, Old Perlican, New Perlican, Hearts Content... Quinze cents milles carrés de territoire furent ainsi conquis, et entièrement désorganisées les pêcheries anglaises de l'île. Près de deux mille hommes capturés, deux cents tués, trois cent soixante-dix barques incendiées ou données à des pêcheurs français, près de deux cent mille morues enlevées dans les divers entrepôts... Toutefois, je n'ai pas pris part à ces viols, pillages de demeures familiales et meurtres inutiles dont l'Histoire ne parle jamais, mais je ne pouvais pas les empêcher. C'était la sempiternelle guerre des Français et de leurs amis hurons contre les Anglais et leurs alliés iroquois, la vengeance aveugle, le grand défoulement collectif, la folie de la bête humaine «lâchée lousse», qui dura jusqu'en 1763, et nul n'aurait pu dire qui d'entre nous ou des Anglais se montraient les plus barbares, qui d'entre nous ou des Iroquois étaient les plus «sauvages»...

CHAPITRE V

Où j'affronte les meutes blanches du blizzard, pratique
la sorcellerie, me colletaille avec une bande de pirates,
combats un incendie en dansant, nage sous la glace
et lutte contre Lucifer en personne...

LORSQUE je fus enfin rassasié de voyages et de bagarres, je revins au foyer, où ma femme comme toujours m'attendait, avec sa patience d'ange et sa compréhension infinie. Pas une seule fois elle ne s'était plainte, malgré les longs mois d'absence, les lettres que je lui envoyais mais qui ne lui parvenaient pas, les guets inquiets à la fenêtre, par les terribles soirs d'hiver et de tempête. Mes enfants avaient grandi sans que je m'en rende compte vraiment et, devenus adultes, ils avaient quitté la maison. Louis s'était fait prêtre missionnaire et convertissait les Montagnais quelque part sur la côte nord du Saint-Laurent ou peut-être au Labrador, tandis que Louison, tout au contraire, devenue mauvaise fille Dieu sait pourquoi, s'enivrait tous les soirs, courait la galipote et couchait avec un homme différent à chaque changement de lune. François voguait entre les îles lointaines des mers du Sud sur un navire marchand, à la recherche d'épices exotiques, de bois précieux et des meilleurs rhums, alors que Françoise, demeurée tout près, avait épousé un bon parti et cultivait le seigle et le blé d'Inde sur une terre jouxtant la mienne. Marie était servante au manoir d'un riche seigneur du bas du fleuve, et Angélique, bonne chez un gros bourgeois de Montréal, cependant que Joseph, inspiré par son prénom et préférant être son propre maître, fabriquait des meubles qu'il vendait un peu partout, et des barques ou autres petits bateaux qui trouvaient rapidement preneur.

Chacun leur tour je les avais aidés dans un moment difficile de leur existence, car j'ai toujours pensé que nous sommes responsables de tout ce qui arrive à nos enfants, jusqu'à leur mort, puisqu'ils n'ont pas eux-mêmes demandé la vie de souffrances dans laquelle nous les jetons. J'allai donc un jour au secours de Louis, qui s'était trouvé malade au beau milieu d'un hiver très dur, dans le bout des Islets-de-Jérémie. Je me précipitai vers lui sur un incroyable rafiot vermoulu, le seul que je pus trouver, qui prenait tellement l'eau que je devais écoper toutes les dix minutes. Je me faufilai entre d'énormes blocs de glace en mouvement qui auraient pu à mille reprises broyer ma pitoyable coque de noix, puis arrivai enfin à la côte, transi, morfondu, des engelures aux oreilles, au nez, aux génitoires, aux doigts et aux orteils tout à la fois, mais mon calvaire ne faisait que commencer. J'avançai encore vers le nord sur une distance d'au moins deux cents milles, chaussé de raquettes, chargé d'assez de victuailles et de remèdes pour soutenir un siège, dans une neige épaisse de cinq pieds où j'enfonçais quand même, parfois, malgré mes «pattes d'ours» algonquines achetées, au prix d'une de mes meilleures bouteilles de cognac, au messager qui m'avait apporté la missive de mon aîné.

La nuit, je dormais enroulé dans d'épaisses fourrures de loup, sous un abri rudimentaire de branches de sapin, qui me protégeait tant bien que mal des bourrasques de la poudrerie, puis au matin je reprenais la route, étouffé par les rafales, aveuglé par les cristaux de glace d'une neige si dure qu'elle me piquait les yeux aussi bien que des aiguilles, seulement guidé dans mon voyage démentiel par un soleil presque éteint et l'étoile Polaire qui scintillait, princière, drapée dans de chatoyantes aurores boréales roses et vertes.

Quand j'arrivai au campement montagnais, après sept jours de marche des plus pénibles dans cet enfer glacé, Louis, sur un méchant lit de rameaux d'épinette, dormait du sommeil agité des fiévreux et toussait à s'en cracher les poumons. Il délirait, disait tantôt que j'étais le Sauveur en personne, tantôt un archange venu le chercher. Une recette héritée de mon arrière-grand-mère, un mélange de casto-réum et de différentes écorces pulvérisées, le tout macéré dans l'eau-de-vie à 90°, le tira de sa torpeur en quelques jours, tandis que les grosses tranches de lard et les soupes que j'avais apportées, en blocs gelés dur comme pierre, le remirent promptement sur le piton, une fois bien ré-chauffées.

«Poupâ! Cher poupâ!... me dit-il quand, enfin, il sortit des vapes. Comme t'és bon d'êt' v'nu... Eul Seigneur te l'rendrâs au centup' si j'peux point l'fére en parsonne...»

Cette simple petite phrase et les couleurs revenues aux joues de mon cher fils me donnèrent le courage de re-tourner à Québec. Ma mie m'y attendait dans l'angoisse, mais je la rassurai bien vite. Tout allait de nouveau pour le mieux.

Une autre fois, c'est au chevet de Louison que je fus appelé. Elle avait attrapé successivement et cumulativement la chaude-pisse, la vérole de Naples et des feux sauvages aux badigoinces inférieures, et n'arrivait plus à remonter la pente. De plus, la boisson l'avait toute déclinquée, ainsi que rendue pratiquement folle. Elle tremblait de la tête aux pieds, se tordait dans d'effroyables convulsions, rugissait comme une démoniaque, pleurait, riait et blasphémait tout à la fois, la bouche écumante, les yeux révulsés. Là encore, c'est la médecine de la vieille sorcière huronne qui ramena mon enfant à la raison et à la vie. J'utilisai des glandes de castor et des écorces toujours, mais aussi des herbes en cataplasme, de la fumée de tabac dans les oreilles et d'authentiques incantations chamaniques que j'avais entendues de la bouche même de l'ancêtre. Je l'exorcisai ni plus ni moins, mieux qu'une de ces andouilles de curés lanceurs d'eau bénite et garrocheurs de mots latins plus longs que mon bras ou même mon bra… quemart, sauf le respect que je dois à mon fils missionnaire…

Aussitôt qu'elle fut guérie, nous jasâmes un long moment. J'essayai de la convaincre qu'elle ne pouvait plus continuer cette vie de débauche, en ruinant sa santé aussi bien que sa réputation, mais elle me rit amèrement au nez :

«Ma réputâtion! MA RÉPUTÂTION!» Vous moquez-vous d'moé, son pére? Savez ben qu'j'en ai pus d'puis belle heurette, de réputâtion!… Qu'esse vous voulez que j'fasse? J'ai hinque deux chouais : ou ben don' épouser in d'cés abrutis d'paysans, in cul-terreux qui m'frâ ane flopée d'enfançons braillârds, ou ben don' prend' eul vouêle pis pâsser l'ress de ma vie à obéir à toutes cés pisse-vinaig' aux fesses bénites… Non, marci, j'aime encore mieux ma libarté, Viarge!»

Vu sous cet angle, effectivement, je ne pouvais lui donner tort. Il est vrai qu'à cette époque, les femmes n'avaient pas le choix, n'étaient pas maîtresses de leur vie, et mon enragée de fille, dans sa révolte, était à l'évidence la toute première féministe des royaumes de France et de Navarre, d'Angleterre, d'Écosse, d'Espagne et de Hollande, des siècles avant que le mot ne fût inventé…

«À moins que j'marie in coureux d'bois comme vous, son pére? Ou ben in bretteux qui s'en vâ-t-en guerre in bon matin à Terre-Neuve ou aux Enfers en m'laissant m'désamer à l'attend' pis qui arvient jusse huit mois plus târd? Hein? Quesse z'en pensez, eul pére?»

Là, elle avait fait mouche. Autant, jadis, j'avais reproché à mon père de laisser sa famille pour aller courir les bois et courailler les petites Sauvagesses, autant j'avais fait la même chose de mon côté, abandonnant à mon tour ma femme et mes enfants sur une terre qu'ils avaient dû continuer de cultiver eux-mêmes. Car non, je le confesse, je ne fus pas fidèle à mon Aurore, surtout lorsqu'elle commença à vieillir tandis que moi, je demeurais anormalement jeune et fringant. Mes périples et mes guerres n'avaient pas seulement pour fonction de me dégourdir les jambes et de me changer les idées, ils servaient aussi d'exutoire par où s'épanchait mon trop-plein d'énergie sexuelle, puisqu'il est de notoriété publique, depuis que le monde est monde, que les soldats et les marins tirent des bordées formidables et suivent dans les plus infâmes bouges tout ce qui porte jupon, même affreusement sale.

Ainsi donc, je me rendis compte que je ne pouvais plus accuser ma fille de dévergondage si je faisais exactement pareil, mais surtout que je ne lui avais pas donné tout l'amour dont un enfant a besoin et qu'il est en droit d'exiger de ses parents et, à partir de ce jour-là, je fus pour elle le plus merveilleux des pères. Je devins son confident, son ami, et je lui rapportais de mes voyages, comme à une princesse, les plus splendides présents, des coquillages aux formes exquises de la Floride, des manchons et des étoles en renard blanc du Grœnland, des ananas et des noix de coco des Îles-sous-le-Vent, des perroquets multicolores du Mexique et des bijoux en ivoire de morse du Labrador.

51

François, lui, fut capturé par des pirates aux Antilles et je dus aller le délivrer. Il était maintenu prisonnier sur un îlot rocheux, une véritable petite forteresse, avec plusieurs autres marins et officiers français, et les flibustiers exigeaient de notre belle ordure de roi une rançon en or contre leur liberté, qu'il hésitait à payer. Je fis ni une ni deux, m'embarquai sur le premier navire en partance pour les Îles et, arrivé à destination, louai une barque à voiles et me dirigeai avec la plus folle témérité vers le rocher sur lequel flottait le drapeau noir à tête de mort, seul, armé d'un mousquet, de deux pistolets, d'un coutelas et d'un sabre d'abordage.

J'accostai de nuit, guidé par la lueur des flambeaux qui éclairaient le fortin de bois où se terraient ces forbans. Sur leur navire, amarré dans une anse, deux hommes seulement veillaient, et ils étaient si imprégnés de rhum que ce fut un jeu d'enfant de les maîtriser. Je les assommai tous les deux avec la crosse de mon mousquet, le premier, que j'avais pris par surprise, d'un coup sur la nuque, le second d'un coup à la mâchoire parce qu'il fonçait sur moi la bouteille au poing, puis je les ligotai ensemble sommairement à l'aide d'un bout de câble et les jetai à la mer sans le moindre remords. Ainsi, je n'avais pas attiré l'attention des autres par des coups de feu.

Je rampai ensuite jusqu'au fort, me cachant derrière chaque buisson pour échapper au regard de la sentinelle dans son échauguette, puis escaladai la palissade de pieux grâce à un grappin lancé avec adresse, qui ne fit presque aucun bruit : un ange gardien veille sur moi pour ce genre de choses, j'en ai toujours été intimement convaincu!... Je me rendis aussitôt jusqu'à cette guérite à pas de loup et tranchai la gorge de mon guetteur qui expira dans un râle affreux, plein de gargouillis et de bulles de sang qui moussaient dans sa bouche grande ouverte pour chercher l'air.

Une ou deux minutes plus tard, j'étais dans l'enceinte de l'habitation, au beau milieu d'une bande de pirates assoupis dans les vapeurs de l'alcool et ronflant parmi bouteilles, cruches et tonnelets vides. Les prisonniers dormaient eux aussi à même le sol, en tas dans un coin, pieds et poings liés. Je les détachai l'un après l'autre, et nous allions tous nous enfuir lorsqu'une quelconque poussière entrée dans ma narine me fit malencontreusement éternuer : un démon personnel veille à ce qu'il m'arrive ce genre de choses, j'en ai toujours été intimement convaincu!... Une trentaine d'hommes se ruèrent alors sur nous, à moitié endormis encore, ivres et titubants, et j'en descendis un d'une balle de mousquet entre ses épais sourcils. J'en tuai deux autres en déchargeant mes deux pistolets – n'oubliez pas qu'à cette époque, il fallait recharger les armes à feu après chaque coup et qu'en général nous n'en avions pas le temps – puis je dégainai mon sabre et commençai à m'escrimer de droite et de gauche, contre deux et parfois trois déloyaux adversaires à la fois, coup de pointe, coup de manchette, dégagement, moulinet, feinte, estocade, hop! hop! hop! Le sang pissait dru, jaillissait en chaudes fontaines rouges dans la fraîche nuit bleue, éclaboussant les palissades de larges fleurs vénéneuses et fumantes, et pour un peu j'aurais trouvé cela beau...

Mon courageux fils et les autres captifs n'étaient pas de reste. Ils donnaient du poing et de la botte dans tout ce qui bougeait, ramassaient les épées tombées pour aussi vite les retourner contre leurs propriétaires, se servaient de tout ce qu'ils pouvaient trouver pour frapper dans la masse remuante – bûches, pierres, chaudrons, carafes –, ruaient, griffaient, mordaient, tant et si bien qu'à la fin nous eûmes le dessus et que ne restèrent debout que deux matamores. J'en transperçai un de mon cimeterre de part en part et le clouai illico contre un mur, tandis que j'empoignais le cou de l'autre si fort que quelque chose craqua sous mes doigts et que je n'eus bientôt plus au bout du bras qu'un pauvre pantin disloqué : il y a du bon à être ambidextre…

Après les embrassades et les effusions habituelles en pareilles circonstances et après avoir remplacé le pavillon noir par le noble fleurdelisé français, nous nous embarquâmes sur le vaisseau volé à nos ennemis et fîmes voile dans la direction de notre cher Canada sans plus tarder. La nouvelle de mon exploit se répandit très vite, jusqu'à la mère patrie d'où ce bon Louis XIV me fit parvenir une lettre de félicitations et de remerciement. Il était surtout content de ne pas avoir eu à payer la rançon, en fait, et je regrettai d'avoir autrefois donné son prénom à mon aîné.

Peu de temps après ces péripéties, le feu se déclara dans l'étable de Françoise. Les vaches, épouvantées, meuglaient à fendre l'âme, et je me précipitai dans le brasier pour les délivrer. Je défonçai la porte dans un jaillissement de brandons qui me roussirent cheveux et sourcils, tandis que les pauvres bêtes affolées surgissaient et me jetaient par terre en me piétinant presque. Pendant ce temps, l'incendie, poussé par un vent à écorner les bœufs, avait gagné la maison et tous les autres bâtiments. Dans la porcherie, les gorets hurlaient effroyablement, cependant que les poules s'échappaient en flammes du poulailler, véritables torches vivantes qui volaient sur quelques pieds avant de piquer du nez comme des avions abattus et de s'écraser un peu partout dans les champs de céréales déjà desséchés par un été torride, propageant ainsi le sinistre, qui prit des proportions monstrueuses. Une d'elles se lança sur Françoise et mit le feu à ses vêtements, mais je roulai subito presto ma fille dans la boue de la mare aux cochons et elle n'eut que de légères brûlures, moins cuisantes peut-être que la blessure à son amour-propre…

Nos voisins accoururent bientôt, armés de seaux et de marmites : ils allèrent puiser de l'eau à la rivière et arrosèrent tout ce qu'ils purent. Quant à moi, constatant avec désespoir qu'ils n'en viendraient jamais à bout, je m'isolai derrière un bouquet d'arbres, caché par un voile de fumée noire, et me mis à faire une chose apparemment dénuée de sens. Ayant déjà vu mon arrière-grand-mère exécuter avec succès la danse de la pluie, j'imitai de mémoire le moindre de ses gestes et commençai à scander les paroles du chant sacré que je n'avais pas oubliées. Au début, mes petits pas rythmés et mes trépignements soulevaient un nuage de poussière qui ne faisait qu'épaissir celui déjà fort dense de la fumée, et j'aurais sûrement eu l'air tout à fait dément si quelqu'un avait observé mon manège mais, quelques minutes plus tard, croyez-le ou non, le ciel s'obscurcissait et l'un des plus beaux orages qu'il m'eut été donné de voir dans ma vie éclata. Des éclairs titanesques aux innombrables ramifications illuminaient l'horizon, transmuant la voûte du firmament en coupole dorée; le tonnerre roulait, grondait et claquait comme un fouet, ours et dompteur d'ours tout à la fois, et les grosses nuées indigo crevaient pour laisser tomber une pluie plus serrée que fourrure de castor, qui sauva non seulement les propriétés de ma fille, mais aussi les miennes qui, comme je l'ai déjà dit, les jouxtaient dangereusement. Françoise ne connut jamais cette partie de l'histoire, et probablement qu'elle m'aurait pris pour un menteur ou un fou si j'avais essayé de la lui conter.

Marie et Angélique, elles, étaient venues passer Noël chez nous et, le 25 dans l'après-midi, nous avions décidé d'aller, comme font les Hollandais en d'autres lieux, patiner sur la rivière Saint-Charles en famille. Mes deux adorables jumelles glissaient sur leurs lames d'os, bras dessus, bras dessous, semblables dans leurs visages et leurs mouvements, agiles, gracieuses, mais, pour leur malheur, un radoucissement de la température avait ramolli la glace par endroits et celle-ci céda soudain sous leur poids commun. Elles furent aussitôt englouties et, sans réfléchir un seul instant, je me jetai à leur suite dans l'eau noire et plus froide que la mort afin de tenter de les rattraper. Je coulai rapidement au fond, emporté par la pesanteur de mon capot de laine imbibé comme une éponge, les os pétrifiés, le sang subitement figé dans les veines et la peau qui me paraissait devenue plus friable que du verre. À l'aveuglette, par instinct ou guidé par une force supérieure, je ne sais, j'en agrippai une par ses longs cheveux, l'autre par le bout d'une manche, sans même savoir si c'était elle ou une simple branche immergée, et je remontai à la surface d'une puissante poussée de mes pieds sur le lit de la rivière, donnée avec l'énergie du désespoir. Je n'étais plus vis-à-vis du trou par lequel j'avais plongé mais cela n'avait aucune importance car, emporté par mon formidable élan, je fracassai le plafond de glace avec ma tête et surgit à l'air libre tel un phoque se projetant sur la banquise. Mes filles étaient bleues, étouffées à moitié, mais vivantes.

Pour ce qui est de Joseph, je lui vins en aide dans de bien terrifiantes et tragiques circonstances. Il était allé quérir, avec un ami aussi peu expérimenté que lui, quelque grand chêne dont il avait besoin pour fabriquer un meuble, une table si j'ai bonne mémoire.

«Hec eul nom que j'porte, avait-il lancé avant de partir, c'ést ben du moins qu'j'arvienne hec eul plus beau d'cés arb'-lâ!»

Les deux copains s'étaient aventurés assez loin en forêt et s'y étaient perdus, n'ayant pas tellement l'habitude ni l'un ni l'autre de s'éloigner de Québec. Je m'étais mis à leur recherche et je n'avais eu qu'à suivre leurs traces comme le Petit Poucet ses cailloux, là une empreinte dans la boue du bord d'un ruisseau, là une branche fraîchement cassée ou encore un brin de tissu resté accroché à l'écorce rugueuse d'un tronc. Mais quelle n'avait pas été ma surprise lorsque j'étais arrivé à un endroit où semblaient s'arrêter magiquement ces traces : ils s'étaient comme volatilisés, ils avaient totalement disparu! J'eus beau chercher tout autour, il ne restait que la cognée de Joseph, abandonnée au pied d'un énorme chêne aux branches tordues, parmi quelques copeaux de bois épars sur la mousse. Ma première idée fut de scruter les frondaisons de l'arbre jusqu'à la cime au cas où ils y auraient grimpé pour échapper à un ours de méchante humeur ou à une meute de loups et s'y seraient endormis, puis je pensai qu'il y avait peut-être des sables mouvants non loin, un traître muskeg bien camouflé qui les aurait avalés, mais à mon grand soulagement rien de pareil n'existait dans les environs.

Et maintenant, je suis parfaitement sûr que vous ne voudrez pas croire la suite de cette histoire, mais je ne peux pas raconter autre chose que ce qui est arrivé. À cette époque, encore fidèle à la tradition, le Diable se manifestait sous des apparences beaucoup plus simples qu'aujourd'hui. Il ne se montrait pas à la télévision en complet-veston gris argent et cravate rouge pour nous vanter les mérites de la nouvelle piscine en résine de synthèse ou de la tondeuse à gazon John Deere dernier modèle. Il ne déambulait pas en mini-bikini et talons aiguilles dans les salons de l'auto pour essayer de nous vendre une voiture américaine ou une moto japonaise de l'année. Non. Grand comme les géants de la mythologie antique, il était plus noir que la nuit, arborait au milieu du front de massives cornes de bouc spiralées, possédait dans le dos de larges ailes membraneuses de chauve-souris, et se déplaçait sur deux pieds fourchus quand il ne volait pas. Ses yeux écarlates flamboyaient de cruauté sous des arcades sourcilières proéminentes, et un rictus mauvais laissait voir des canines de bête fauve longues comme des épées, jaunes et dégoulinantes de bave.

Tandis que je me grattais la tête dans l'ombre du chêne, cherchant à comprendre, j'entendis Joseph crier dans la montagne. Un long hurlement d'effroi, insoutenable, qui me donna la chair de poule et fit courir un frisson glacé de mes reins jusqu'à ma nuque, et mes cheveux se dressèrent littéralement sur mon crâne. Le sang gelé dans les veines, la moelle figée dans les os, je m'élançai pourtant et me retrouvai en moins de temps qu'il n'en faut pour le dire face à ce terrible monstre que je viens de décrire, Lucifer en personne. Il tenait mon fils dans ses doigts griffus ainsi qu'un grand duc l'eût fait d'une vulgaire souris tant il était gigantesque. Je compris alors qu'il l'avait enlevé du haut des airs et que c'était pour cela qu'il n'y avait d'empreintes de pas nulle part. Quant à son compagnon, il gisait sur les rochers, au pied d'une falaise, sanglant et désarticulé : il avait de toute évidence été échappé ou lâché en plein vol.

«Te v'là enfin, Noël Chênevert! Depuis l'temps que j'tespère, depuis l'temps que j'désire t'avouère en face de moé… Si c'ést pâs ane misére de négliger sés amis d'méme… Soyes le bienv'nu, maudit baptéme! Ah! Ah! Ah!…»

Sa voix, comme sortie d'une barrique, résonnait sur les parois de granite de la montagne et l'écho l'amplifiait encore davantage, la rendant tout bonnement épouvantable. Je me retins de toutes mes forces de fuir, et j'appris, bien malgré moi, que le Maître des Enfers me détestait depuis ma naissance. Je détenais, disait-il, des secrets et des pouvoirs qu'il voulait être le seul à posséder, et il devait donc m'éliminer de la surface de la Terre.

Ce qu'il voulait, c'était que je m'approche de lui au fil de la conversation, attiré par l'espoir de lui arracher mon fils, et c'est ce que je fis, malgré mes jambes en coton et mon estomac qui se tordait dans tous les sens telle une petite bête affolée. Son odeur nauséabonde, pestilentielle d'œufs pourris, de whisky frelaté, de soufre, de mouffette, de vieille crasse et de maladie me suffoquait, mais je continuai d'avancer. Une fois qu'il me jugea assez près, il lâcha sa proie qui s'assomma aussi sec contre une pierre, et prit son essor pour se jeter sur moi. Je priai intérieurement et c'est là que le Grand Manitou vint à mon secours, ou le Dieu de la Bible, ou peut-être même l'esprit de ma toute-puissante bisaïeule veillant après la mort sur son petit-fils, car une soudaine tornade s'éleva au même instant, un ouragan d'une telle fureur qu'il projeta Lucifer contre le flanc de l'escarpement. Le choc mit ses ailes en compote et, lorsqu'il retomba plusieurs centaines de pieds plus bas et s'engouffra dans une faille de la roche, ses cornes à leur tour se brisèrent, lui laissant deux plaies rondes et verdâtres au-dessus des yeux, qui semblaient beaucoup le faire souffrir puisqu'il se prenait maintenant la tête à deux mains en blasphémant de si immonde façon que je ne peux ici répéter ses paroles. Puis, de la montagne ébranlée déboula une masse phénoménale de gros rochers qui l'écrasèrent et l'enfermèrent dans l'anfractuosité dans laquelle il avait chuté. À ce que je sache, il y est toujours, à moins qu'il ait creusé la terre de ses griffes et de son souffle effroyable pour regagner les Enfers, situés au centre de notre planète comme chacun sait.

En ce qui concerne mon fils, une fois revenu à lui, il ne se souvenait de rien et pensait que son ami et lui avaient escaladé la montagne à la recherche d'un arbre dont le tronc ne fût pas pourri comme celui qu'il avait commencé à couper, et qu'ils étaient tombés dans un précipice, l'un se tuant, l'autre ne faisant que s'étourdir. Je ne l'ai jamais contredit.

Et c'est donc ainsi que je donnai deux fois la vie à chacun des enfants de mon premier mariage, déjà curieusement nés, en tant que jumeaux, sous le signe de la dualité…

CHAPITRE VI

Où je deviens veuf, m'improvise pirate à mon tour,
fais fortune une seconde fois, suis sacré chevalier,
me remarie et m'installe sur ma propre seigneurie…

AURORE me quitta en 1710, à l'âge de cinquante-trois ans, emportée par une très subite et très brève maladie, réfractaire à tous les médicaments et dont j'ignore encore aujourd'hui la nature, me laissant dans un deuil profondément douloureux, qui n'était que le troisième que je vivais après le décès de mon arrière-grand-mère et celui de Rayon-du-Matin, mais qui ne devait pas être le dernier, vous le devinez bien, les rides de chagrin qui sillonnent mon visage buriné par trois cent trente-cinq hivers, depuis quelques jours, étant là pour en témoigner avec éloquence.

Trois ans plus tard, Louis XIV, par le traité d'Utrecht, cédait à la reine de Grande-Bretagne la baie et le détroit d'Hudson, l'Acadie en son entier, conformément à ses anciennes limites, et même Terre-Neuve; en fait, tout ce pour quoi je m'étais battu pendant des années et avais risqué ma vie! Ils s'étaient arrangés entre monarques des vieux pays pour mettre fin à la guerre, et nous, les coloniaux, n'avions pas eu un mot à dire… La France, heureusement, s'était réservé l'île du Cap-Breton, de même que les installations le long du Saint-Laurent et les îles situées dans son golfe, et ma famille et moi n'étions pas menacés, mais je savais que je ne pardonnerais jamais cette légèreté méprisante envers nous, de la part de celle que j'appellerais désormais l'«amère patrie»!

Triste, déçu, je pris de nouveau le large et me retrouvai, croyez-le ou non, parmi les pirates que j'avais combattus avec tant d'ardeur quelques années auparavant. Toutefois, ce n'étaient pas les mêmes, puisque j'avais pris la précaution de ne laisser aucun survivant sur l'îlot. Ceux-là ne me connaissaient ni d'Ève ni d'Adam, d'autant plus que j'avais changé de nom au cas où ils auraient quand même entendu parler de moi et de mon exploit. Comme le voulait la coutume dans leur milieu, je me faisais appeler d'un simple sobriquet, Couilles-de-Bison, qui les faisait bien rire, et j'étais un des leurs. Le cœur gonflé de rancune et de révolte légitimes, j'avais été attiré par leur indépendance, leur insoumission à toute autorité, leur volonté farouche de rester libres, quel qu'en fût le prix. Ceux que j'avais pour féroces compagnons n'étaient pas de misérables corsaires à la solde d'un quelconque gouvernement, non. C'étaient d'authentiques représentants de la Flibuste, des Frères de la Côte sans foi ni feu, sans loi ni lieu, des forbans de la pire espèce, excommuniés par le pape, recherchés par les armées ou milices des sept mers et des sept plus grands royaumes, d'anciens boucaniers devenus d'impitoyables écumeurs se lançant à l'abordage de n'importe quel navire marchand battant n'importe quel pavillon, le sabre au poing et le coutelas entre les dents.

Nous attaquions donc indifféremment galions espagnols, bricks anglais ou frégates françaises, mais ces dernières me faisaient plus particulièrement plaisir à piller. M'emparer des vaisseaux et parfois des trésors de ce bon vieux Ti-Louis de mes deux réjouissait mon âme vorace, ensauvagée, de nouveau merveilleusement barbare, comme aux premiers jours de ce continent. J'entendais, par-delà l'océan, Sa Majesté hurler au meurtre chaque fois que nous faisions une prise intéressante, et cette idée m'encourageait à continuer.

Nous avions une sorte de quartier général, quelque part dans la jungle d'une île de la mer des Caraïbes, où nous nous retirions après chaque opération, qu'elle fût ou non réussie. Notre chef s'appelait Face-de-Requin et portait bien son nom. Il était véritablement effroyable à voir avec ses petits yeux mauvais enfoncés dans sa tête, son nez anormalement mince et pointu, et ses sinistres sourires en coin qui dévoilaient deux puissantes rangées de dents dont il se servait pour mordre ses adversaires et parfois même les égorger. Une balafre lui déchirait le visage de l'oreille gauche à la joue droite et un petit anneau d'or lui pendait, non pas au lobe comme c'était l'habitude, mais à la narine, par pure coquetterie de pirate, il faut croire. Un jour, justement lors d'une de nos attaques ratées, il se fit tuer, par un capitaine de vaisseau portant joli chapeau tout emplumé, d'un coup de rapière à l'estomac qu'il ne sut pas, cette fois, éviter. C'est ainsi que je devins à mon tour le chef de cette bande de pillards, élu à l'unanimité pour être son successeur. Ma taille et ma force les impressionnaient, semble-t-il, et il paraît également que j'ai un certain charisme.

Je supportais un peu mal le soleil tropical et ses torpeurs, j'avais certains jours la nostalgie du froid revigorant de nos hivers et des coups de fouet du blizzard mais, en général, j'adorais cette vie, qui ressemblait par de nombreux points à celle du coureur des bois canadien, et je me sentais bien, presque comme chez moi. Les chèvres sauvages rôties avaient remplacé les chevreuils, la soupe à la tortue, celle à la barbote, l'ombre des palmiers, celle des sapins, et le sable coquillier tout blanc, la neige. Les jours s'écoulaient, sanguinaires et heureux, et j'amassais tranquillement une prodigieuse fortune.

Or, un bon matin, ce qui devait arriver arriva, car j'ai toujours trouvé la femme sur mon chemin dans mes moments de perdition, et la belle femme, j'entends. Nous étions en train de massacrer l'équipage d'un navire qui tentait de regagner Saint-Malo lorsque, enfonçant d'un coup de pied la porte d'une cabine, je découvris la « grâce incarnée », comme ils disent dans les romans, quoique tremblante et s'accrochant aux jupes de sa dame de compagnie.

Cette subite apparition me fit recouvrer mes esprits. Qu'est-ce que je faisais là, à trucider des gens de ma race et de mon clan, la rage au cœur et le mors aux dents comme un cheval fou ? Car si ma mère était huronne, mon propre père n'était-il pas né dans l'ombre parfumée des pommiers normands ? Ma grand-mère paternelle n'avait-elle pas été désaltérée par les vignes charentaises dès son sevrage, mêlant déjà dans ses premières années son sang pour moitié avec la sève de la terre française ? Étais-je devenu un traître pire que Radisson ? Serais-je déclaré persona non grata si mon identité venait à être connue, et les frontières de ma patrie me seraient-elles à jamais fermées ?

Un cri désespéré de la jeune fille me tira de mes réflexions :

« Je vous en supplie, monsieur, ne me faites pas de mal !… Prenez ce que vous voulez !… J'ai des bijoux dans mon coffre… Tenez ! Ils sont à vous, mais laissez-moi tranquille, pour l'amour de la Sainte Vierge… »

Son accent raffiné de Française instruite contrastait vivement avec le mien, rude, raboteux, et sa voix enfantine était une lumière tremblotante au bout de la nuit glaciale, le murmure suave et cristallin de la petite fille qu'un homme stérile aurait rêvé d'avoir, et de l'hydromel dans le gosier de celui qui se serait perdu au désert... Une musique qui me chavirait, me submergeait de tristesse concupiscente, me noyait de désir douloureux! Elle émanait d'une bouche de corail et de perles qui n'était qu'un des trésors de cette créature à la beauté indicible, et le coffre à bijoux que cette dernière m'offrait dans sa candeur terrifiée n'était que toc et babioles à côté de ce que j'avais sous les yeux.

«Craignez pas», réussis-je enfin à dire, descellant mes lèvres paralysées, «j'vous veux point d'mal, pis j'vous protég'rai même cont' lés aut'...»

En effet, mes horribles compagnons, le carnage terminé sur le pont, déferlèrent bientôt sur nous comme je l'avais prévu, affamés encore de violence, inassouvis, et trouvèrent que la demoiselle était un bien joli morceau à se mettre sous la dent. Je savais pertinemment qu'ils avaient autant envie de sexe, en ce moment précis, que de sang et de pièces d'or, et je ne pouvais faire autrement que de sacrifier l'ancre pour sauver le bâtiment, comme on dit dans la marine.

«Alle ést à moé, leur dis-je, c'ést la pârt du cheuf! Prenez don' plutôt la sarvante, alle ést plus grâsse pis plus rougeaude... A' survivrâ plus sur'ment à vos assauts que c'te chétite créature, pis vous l'aurez encore demain...»

Oh! il y eut bien quelques murmures de désapprobation, mais c'étaient eux-mêmes qui m'avaient nommé à leur tête et ils n'avaient rien à redire. Ils se consolèrent assez vite avec la pauvre dame de compagnie, qui se mit à hurler telle une sirène de brume lorsque ces brutes épaisses entreprirent de s'en servir à tour de rôle. Elle réussit tout d'abord à échapper à leurs grosses pattes velues et commença de grimper dans les haubans du mât de misaine pour se sauver, mais elle fut rapidement rejointe et redescendue sans ménagement. Oreille-Coupée déchira sa robe et se jeta sur elle comme un porc en rut, tandis que Serpent-Jaune lui maintenait les bras en se marrant tellement que même son œil crevé semblait étinceler de plaisir... Je détournai le regard pour ne pas voir le reste.

«Vous n'êtes qu'un monstre! me lança la fille restée à mes côtés. Comment osez-vous user des dames de si cavalière façon?

– J'lai faite pour vous épargner dés souffrances pis p'têt' ben la mort..., lui répliquai-je. Aimeriez-vous mieux êt' à sa place?»

Elle ne répondit pas à ma question, car j'avais sans l'ombre d'un doute marqué un point.

«Et d'abord, qui êtes-vous? Vous ne vous êtes pas encore présenté, à ce que je sache...

– On m'appelle Couilles-de-Bison, madame, pour vous sarvir...» lui dis-je, en exécutant une tentative de révérence qui manqua me faire tomber.

Elle rougit jusqu'aux oreilles, puis, la surprise passée, siffla entre ses dents :

«Eh bien! moi, je suis Isabelle de La Fresnaye, fille du marquis de La Fresnaye, général d'armée de même que conseiller du roi, et vous répondrez de tout ceci devant un tribunal, soyez-en assuré, monsieur!»

Elle était charmante, dans sa colère et sa naïveté, et j'étais complètement fou d'elle.

«J'cré ben qu'on attendrâ pas qu'vot' pére vienne vous charcher..., lui répliquai-je du tac au tac. Donnez-moé vot' main, y faut qu'on foute le camp d'icitte au plus sacrant!»

Je l'entraînai à ma suite en lui arrachant pratiquement le bras, car il fallait se dépêcher pendant que les autres étaient occupés à leur ignoble viol collectif. Nous sautâmes sur le bateau des pirates accroché au vaisseau français par des grappins que je retirai, et nous nous éloignâmes le plus rapidement que nous pûmes. Rendus à une certaine distance, j'armai plusieurs canons et tirai une salve en direction du bâtiment français, qui coula dans un grand fracas de feu, de mâts cassés, de cris humains et de remous, et se perdit corps et biens. La pauvre suivante de mademoiselle de La Fresnaye courait toute nue de la poupe à la proue, puis de la proue à la poupe, ayant perdu la raison, quand nous vîmes le mât d'artimon se briser et lui tomber sur les reins. Patte-Folle et Gueule-de-Rat me maudirent avant de disparaître dans les flots bouillonnants, Tueur-d'Enfants avait les cheveux en flammes et se démenait en jurant comme un forcené, pendant que Tête-de-Gruyère se signait de son crochet, probablement pour la première et la dernière fois. Jambe-de-Madrier qui, toute sa vie, dans sa folie, avait craint les termites quand il avait dû coucher à terre, détacha sa prothèse et me la lança de toutes ses forces, mais elle n'atteignit pas son but; quelques minutes plus tard, les squales ordinaires et même de grands requins blancs attirés par le drame dévorèrent son autre jambe, de chair et d'os celle-là, et la mer se transforma sous nos yeux fascinés en tapis du plus bel et horrible écarlate.

Dans notre ancien repaire, je montrai à ma dulcinée tous les trésors que nous avions accumulés au cours de nos nombreuses années de pillage, et je les jetai à ses pieds :

«Tenez, madame, tous cés cof' sont à vous si vous m'faites l'insigne honneur de m'donner vot' main… Chus en réalité canayen, mon nom véritab' c'ést Noël Chênevert, pis j'ai été forcé d'fére partie de c'te band' de forbans, qui m'avait capturé (mentis-je, évidemment). I' m'avaient même chouaisi pour êt' leu' capitaine, probabeulment à cause de ma force physique pis d'mon énargie, pis j'ai dû à contrecœur lés conduire à bataille, n'voulant pâs finir au fond dés abysses, lesté d'un boulat. J'ai ane terre à Québec pis, hec toutes cés richesses, on pourrait y viv' comme dés princes pis y couler dés jours heureux… Acceptez-vous?»

Mon interlocutrice resta suffoquée un long moment par ce qu'elle venait d'entendre tout autant qu'éblouie par les joyaux et l'orfèvrerie qui scintillaient sous les rayons de la pleine lune… Il y avait là, provenant en majeure partie de galions espagnols menés par des conquistadores revenant de dépouiller les temples aztèques ou incas des jungles sud-américaines, des rubis, des émeraudes, des saphirs, des améthystes, des opales, des turquoises, des grenats et des topazes, toutes gemmes serties dans des bagues, bracelets, colliers, diadèmes ou couronnes d'or ou d'argent, plus des sacs bourrés de perles et de pierres moins précieuses, tel que le lapis-lazuli, des sculptures de jade et des ornements de cuivre, et des bourses de peau rebondies, pleines à craquer de pièces de monnaie de tous les pays, que nous avions prises à divers navires marchands, hollandais, portugais ou autres. Au milieu de ces monceaux de bijoux, ses cheveux châtains aux reflets d'or rouge et ses yeux d'aigue-marine ne déparaient pas le décor : au contraire, ils le rehaussaient.

Finalement, elle ne déclina pas mon offre. Qui l'eût fait? Nous mîmes le cap sur l'embouchure du Saint-Laurent et je l'épousai en terre de Neuve-France, bien qu'elle m'eût confessé, honteuse, ne pas être la fille d'un marquis mais plutôt celle d'un marchand de la Louisiane, à l'aise sans être riche. Sa mère était morte subitement et elle se rendait passer quelque temps chez sa marraine à Paris pour se remettre de ce deuil lorsque nous l'avions capturée. Elle m'avait dit appartenir à la haute noblesse dans l'espoir d'être gardée vivante en vue d'un échange contre rançon. Quant à moi, je fus reçu à mon arrivée par le gouverneur et félicité pour ma bravoure, et fus même anobli quelques mois après par notre bon Louis, qui n'y avait vu que du feu. J'étais désormais Noël «du Chênevert», chevalier, ne vous en déplaise.

Isabelle fut l'épouse la plus belle, mais aussi la plus frivole et la plus dépensière que j'eus jamais. La noce fut somptueuse, c'est le moins que l'on puisse dire. Elle fit venir à grands frais, de tous les coins des deux Amériques, les nourritures les plus exquises et parfois les plus étranges. D'abord, toutes sortes d'animaux et de volatiles, qui furent apportés vivants quand c'était possible pour éviter que leur chair ne se corrompît en chemin, ou sinon fumés : dindons sauvages et pécaris du Mexique, tortues de mer et jeunes alligators de Floride, cailles et faisans du Mississippi, grues et flamants des Antilles, lagopèdes et plectrophanes des régions nordiques, antilopes et mouflons des prairies occidentales. Puis, des fruits exotiques, tels que bananes, pamplemousses, limons, noix de coco, mangues, papayes, goyaves, et des épices rares telles que girofle, cannelle, piment, muscade et vanille. Il y eut aussi du manioc, de la patate douce, de la canne à sucre et du cacao...

Elle invita pratiquement tout Québec et toute la Louisiane. Le dindon et le pécari, qui rappelait le sanglier des vieux pays, furent les viandes les plus appréciées, avec la tortue et les plectrophanes, qui ressemblaient aux ortolans, alors que l'alligator et le flamant étaient plutôt coriaces. On trouva amers les limons et les pamplemousses, même sucrés de sirop de canne, et savoureuses les bananes, qui avaient eu le temps de mûrir en route, tandis que le cacao fit fureur au dessert, et les épices, merveille dans les rhums et vins chauds, dont on but tant de tonneaux que je me refusai à les compter.

Elle voulut une nouvelle maison cinq fois plus grande que celle que je possédais déjà, quinze fois plus de terre arable ou en bois debout, et des ouvriers agricoles, des serviteurs et des servantes à n'en plus savoir que faire. Je lui fis donc construire un manoir d'une vingtaine de pièces et les dépendances à l'avenant, sur l'île d'Orléans, puis engageai quasiment le quart de la colonie…

CHAPITRE VII

Où je visite la France avec mes gros sabots, risque
la potence pour avoir voulu souper, sauve la vie
d'un comte, mène pour un temps l'existence d'un pacha
et rencontre une voyante qui me prédit
mon inconcevable avenir…

M ALGRÉ son incomparable beauté, ses formes plus que généreuses et son ventre avide de plaisir, Isabelle était stérile et aucun enfant n'égayait de ses rires ou du flic flac de ses petits pieds nus les pièces vides de notre trop vaste demeure ; c'est pourquoi je me lassai bientôt de cette femme superficielle ainsi que des réceptions mondaines qu'elle donnait à tout propos afin de bien paraître dans la haute société de Québec. Plus rien ne me retenait aux alentours de cette ville, d'autant plus que mes parents venaient de décéder, l'un à la suite de l'autre, dans les circonstances déjà décrites, et je fis faux bond à cette deuxième épouse sans trop longtemps hésiter.

Conséquence du traité d'Utrecht, il n'y avait plus aucune guerre à laquelle j'aurais pu participer, et je ne sus d'abord quelle direction prendre. Je me décidai enfin pour cette Europe temporairement pacifiée. Je désirais, probablement par nostalgie, voir le pays de mon père, la terre dont il nous avait parlé parfois, lors de ses rares et toujours trop courts séjours à la maison quand j'étais mioche. Je débarquai en France après une traversée de l'Atlantique infernale, entrecoupée de tempêtes où tous les passagers avaient rendu tripes et boyaux, sauf moi, qui avait le pied marin depuis ma naissance ou presque. La Normandie me parut aussi riante que le paternel me l'avait décrite, la Bretagne et le Poitou… itou. Il y avait là force pommiers, poiriers et champs de blé, qui m'étaient déjà connus, sauf en pareille abondance, mais ce furent surtout les vignes qui m'émerveillèrent car, ne poussant pas sous nos cieux incléments, je n'en avais jamais vues. C'était comme ces grappes de bleuets dans les forêts de conifères du Nord, mais en dix fois plus hauts et plus gros, et je n'en revenais pas d'une telle richesse, d'une telle manne qui fournissait à la fois le boire et le manger en si grandes quantités.

La vétusté des villes et des villages me frappa tout autant. Jamais je n'aurais pu imaginer des maisons et des rues aussi vieilles, des pierres datant de mille ans et plus, moi qui étais né dans un pays si neuf que toutes les habitations paraissaient construites de la veille au soir. Et ces énormes châteaux surplombant le paysage! Leurs ponts-levis, leurs créneaux, leurs tours où j'imaginais de bellissimes princesses retenues prisonnières et qui m'appelaient à leur secours!… Paris me sembla dantesque avec ses labyrinthes, ses spirales, ses ramifications de poulpe et ses innombrables ponts sur une eau plus noire que le Styx, ses coches allant un train d'enfer dans le martèlement assourdissant des sabots sur les pavés, ses ivrognes roulant dans le caniveau parmi les ordures et les déjections humaines, ses prostituées qui empestaient la fièvre et le mauvais vin, et ses foules aveugles et hurlantes se ruant comme moutons de Panurge vers je ne savais quel précipice ou abattoir… Je la fuis le plus vite possible et me retrouvai à Versailles, dans la surprenante mais glaçante beauté austère de jardins trop bien ordonnés auxquels ne m'avaient pas habitué les sapinières touffues où j'étais né, pratiquement aussi impénétrables que les appartements de ce roi des Français que je ne pus jamais saluer malgré mon insistance.

Dans les régions du Sud, ce fut cependant la température qui m'époustoufla. Une Méditerranée aussi chaude que de la pisse de jument, un soleil extraordinairement brûlant, mais un air léger, tout à fait exempt des moiteurs écrasantes de chez nous, sec comme le craquètement des cigales dont il était chargé, bestioles beaucoup plus charmantes que nos terribles et sanguinaires moustiques! Mais, en fin de compte, ce qui m'éberlua le plus, dans tout ce pays, c'était qu'on n'y pouvait pas chasser à notre guise comme en Amérique, et je l'appris à mes dépens. Effectivement, apercevant un jour, dans une forêt que je traversais, des palombes qui me rappelèrent les tourtes de mon cher Canada, je voulus les tuer de mon pistolet pour m'en faire une bonne fricassée. Quelle ne fut pas ma surprise, quelques minutes après, lorsque je fus arrêté par un garde-chasse qui me mit en joue avec son fusil et me cria «Haut les mains!» comme à un vulgaire criminel! Le canon du mousquet planté entre les omoplates, je fus conduit illico au manoir du comte de Médeu auquel appartenait cette forêt, semble-t-il, et eus droit à une charretée d'injures inouïes :

«Quoi? Un manant, un paysan qui se permet de chasser sur mes terres! hurla-t-il, rouge de fureur. Espèce de sale bâtard, comment as-tu osé? Si tu as faim, mange les rats et les taupes, les vers et les limaces, je te les laisse, mais ne touche plus jamais à aucun gibier à plumes ou à poil m'appartenant, sinon, la prochaine fois, je te fais pendre haut et court à l'arbre au pied duquel on t'a surpris à me voler!

— Vous fait' erreur, monseigneur, sauf vot' respect…, lui répondis-je. Chus pâs in manant, chus l'chevalier Noël du Chênevert, anobli par eul rouais d'France en parsonne ou presquement pour sarvices rendus à mére patrie…»

Évidemment, avec mon accent, qui faisait en effet très paysan, il ne me crut pas, et j'aggravai mon cas plus qu'autre chose.

«Ah! ah! ah! s'esclaffa-t-il méchamment, elle est bien bonne celle-là! Eh bien alors! mon cher chevalier à la peau brune et aux mains calleuses, qui parlez le français avec tant d'élégance et de raffinement, puisque vous ne daignez même pas reconnaître vos torts, vous irez réfléchir au fond d'un cachot… Qu'on appelle la milice et qu'on jette cet imposteur en prison! S'il n'en tenait qu'à moi, il subirait le supplice de la roue!…»

Je me trouvais, vous le comprenez bien, dans une fâcheuse position, et ne savais que faire pour m'en sortir quand mon aristocrate enragé, le visage gonflé par son emportement, fut soudain pris d'une attaque d'apoplexie et s'écroula à mes pieds, râlant et ronflant, les traits tordus par d'effroyables grimaces. Ayant déjà vu mon arrière-grand-mère procéder en de telles circonstances, je n'hésitai pas une seule seconde : je dégainai mon couteau et, sous les yeux horrifiés de son garde-chasse et de ses valets qui me croyaient en train de l'assassiner, je lui fis, en lui ouvrant une veine du bras, une saignée pour désengorger le cerveau. Le sang gicla épais en une belle source rouge et, quelques instants plus tard, le comte rouvrait les yeux et regardait tout autour de lui d'un air hébété. Un garrot arrêta l'hémorragie puis, réalisant que je venais de lui sauver la vie in extremis, mon juge et bourreau de tout à l'heure, tandis qu'on le transportait à sa chambre, donna des ordres pour que je sois bien traité pendant sa convalescence. Il voulait que je demeure chez lui le temps qu'il se remette, et je fus choyé à l'égal d'un prince.

Je crois bien que c'est en ces lieux que j'ai véritablement pris goût à la boisson, car les somptueux dîners et les soupers de gala donnés en ce Versailles miniature étaient chaque fois copieusement arrosés des meilleurs crus, blancs du Bordelais, rouges de la Bourgogne, rosés de l'Anjou et mousseux de la Champagne, qui débordaient des verres et des flûtes, accompagnant tantôt un paon entier rôti, décoré de ses plumes artistiquement repiquées, tantôt une oie aux pommes, une tête de sanglier ou encore un cochon de lait à la bière, le tout précédé de divers potages, entre-coupé d'entremets et de pâtés, et suivi de fruits, de fromages et de desserts toujours exquis. Les liqueurs terminaient invariablement ces gargantuesques repas : cognacs, armagnacs, rhums, kirsch, anisette ou orange amère, et j'allais tous les soirs me coucher l'esprit saturé des vapeurs des viandes mais surtout de celles de l'alcool, dans un immense lit à baldaquin qui aurait pu contenir tout un harem, les armoiries du comte de Médeu au-dessus de ma tête... C'est ma snobinarde d'épouse, Isabelle de La Fresnaye, fille imaginaire de marquis, qui en aurait été folle de jalousie!

Lorsque mon généreux hôte, grâce aux nombreux médecins qui avaient été mandés à son chevet, se fut enfin rétabli, il sortit de ses appartements, perruqué, poudré, enrubanné, frais et dispos comme un jeune homme.

«Mon ami, me lança-t-il sur un ton précieux et hautain, puisque vous aimez tirer du fusil, j'ai décidé d'organiser une grande chasse en votre honneur, en guise de remerciement pour ce que vous avez fait pour ma personne...

Dimanche prochain, vous aurez l'occasion, pour la première fois de votre vie, de courir le sanglier, le cerf et le renard, et d'abattre lièvres, faisans ou coqs de bruyère à volonté... À ma connaissance, aucun homme de votre condition n'a jamais obtenu un tel privilège, et c'est une journée que vous n'oublierez pas de toute votre vie... Préparez-vous!»

De toute évidence, il ne croyait toujours pas à mon titre de chevalier, mais je décidai de ne pas le contredire afin de ménager sa santé précaire.

Tel que promis, le dimanche suivant fut exceptionnel. Barons, vicomtes, marquis, ducs – et même la Pompaglan, sa meilleure amie –, avaient été invités, et ils arrivèrent noblement, comme il se doit, avec tout leur équipage, dans des carrosses fastueux et de rutilantes calèches. À l'époque, contrairement à aujourd'hui, les forêts de France étaient encore très giboyeuses, et des meutes de plusieurs espèces de chiens furent lâchées après des chevreuils et de pauvres blaireaux affolés, un loup-cervier qui fut proprement mis en pièces, et même un ours brun, qui toutefois réussit à les semer. Trois épagneuls furent éventrés par un vieux solitaire à la hure énorme et aux canines proéminentes avant que ce dernier ne fût capturé, un griffon et un dogue se trouvèrent mortellement encornés par un dix-cors, qui vendit chèrement sa dépouille. Nous tuâmes aussi plusieurs dizaines de pigeons, cailles, grives, perdrix, faisans à collier, canards, butors, foulques, bécasses et bécassines, lièvres et lapins de garenne, un putois, deux loutres et cinq écureuils. Ce qui m'émerveilla le plus fut la chasse avec des faucons apprivoisés, qui rapportaient à leur maître, emprisonnés dans leurs serres, gélinottes, ramiers ou sarcelles. Seulement quelques-unes de ces bêtes furent ramenées au manoir pour être mangées; toutes les autres furent laissées au sol, à se corrompre, et cela me scandalisa au plus haut point, moi qui venais d'un pays où l'on chassait pour se nourrir et pour survivre, et non par désœuvrement ou cruauté pure et simple. Et dire qu'on avait voulu me pendre ou me supplicier parce que j'avais abattu deux oiseaux afin de me faire un ragoût! Pour ma part, je revins avec tous mes volatiles, mes deux marcassins et mes trois lapins, et insistai pour qu'on me les fasse cuire... Malgré mon très grand appétit, j'en eus pour quatre jours!

Je quittai mon hôte après l'avoir remercié pour toutes ses bontés, et repris la route chargé de cadeaux comestibles – chapon rôti, jambon, saucisson, fromage de chèvre, pain frais, belles pêches juteuses et tarte aux prunes, vins et cognac, qui remplissaient ma besace de pèlerin –, sur un alezan également offert par lui, vieux et lent il est vrai mais, comme on dit : «À cheval donné on ne regarde point les dents!»

Après avoir parcouru une vingtaine de milles, je rencontrai une tribu de gitans qui me parurent bien malheureux. La troupe avait arrêté ses roulottes au bord du chemin et les femmes préparaient un maigre potage pour le souper, tandis que les enfants couraient pieds nus sur les cailloux, sales, en haillons, semblant affamés. Je partageai mes victuailles avec eux et ils en furent très étonnés, mais fort contents. Quand je leur dis que je venais des colonies d'outre-mer et que là-bas il y avait des centaines de milliers de nomades comme eux, que l'on appelait des Algonquins, des Montagnais ou des Naskapis, et qu'ils parcouraient des forêts plusieurs fois plus vastes que toute la France, leurs yeux s'agrandirent d'émerveillement. Une vieille femme au visage plus couvert de rides qu'une pomme ratatinée, aux yeux de charbons ardents, allumés par les lueurs du feu, vint s'asseoir en face de moi et me dit :

« Tu sais, autrefois, il y a des siècles et des siècles, les Français eux aussi étaient des Sauvages. Ils s'habillaient de peaux de bêtes, chassaient l'ours, l'élan et l'aurochs à coups de lance, pêchaient l'anguille et le saumon à la foëne. C'étaient les antiques Gaulois, fiers et libres, braves et farouches. Maintenant, ce ne sont que bœufs à charrue ou brutes. Les bœufs à charrue sont manants et travaillent la terre sous les coups de fouet des brutes qui sont seigneurs mais qui vivent pourtant aux dépens des premiers comme poux ou tiques… Un jour, les bœufs se révolteront et s'ébroueront pour se débarrasser de leurs parasites, je l'ai vu dans ma boule de cristal, mais ce jour terrible entre tous, noyé dans le sang, où les têtes rouleront sur les places de Paris et seront brandies au bout de piques dans toute la campagne, ce jour terrible n'est pas encore venu… »

Cette vénérable bohémienne était une authentique clairvoyante et me faisait beaucoup penser à ma bisaïeule huronne. Elle voulut me lire dans les lignes de la main et ce qu'elle y vit l'effraya d'abord grandement. Elle recula de plusieurs pieds, se signa par trois fois et récita une prière dans une langue qui m'était inconnue. Puis, se rassérénant, elle s'approcha de nouveau et me déclara, d'une voix qui semblait sortir d'une caverne, le regard captivé par une scène d'elle seule visible :

« Tu vivras très vieux, plusieurs siècles, même si cela te paraît impossible aujourd'hui, car tu n'es qu'à demi humain… Les esprits de deux de tes lointains ancêtres, l'un Indien, l'autre Français, t'habitent grâce à une puissante magie et régénèrent ta chair à mesure qu'elle s'use… Tu es voué à un grand destin, tu as déjà réalisé des choses hors du commun et tu en accompliras beaucoup d'autres… Va ton chemin sans crainte, ta voie est pavée, les dieux veillent sur toi, et la Mort ne te fauchera que dans un futur si éloigné que je ne peux comprendre ce que j'en entrevois dans l'épais brouillard des temps à venir… J'aperçois des oiseaux de fer géants dans le ciel, dont le ventre grouille d'hommes et de femmes qui se font transporter par eux d'une ville à l'autre, des roulottes sans chevaux qui avancent toutes seules à des vitesses folles sur des avenues goudronnées, des boîtes qui parlent et dans lesquelles bougent les images colorées des rêves des humains, un despote en Germanie nommé Istler qui cherchera à faire disparaître de la surface de la Terre notre pauvre race errante ainsi que tous nos frères juifs, le drapeau étoilé d'un pays neuf planté au milieu des déserts de la Lune, des feux qui brûlent plus que mille soleils, lancés comme des flèches colossales par-dessus les mers à partir de navires voguant sous l'eau telles des baleines… Oui, tu connaîtras toutes ces merveilles et toutes ces atrocités, et bien plus encore, avant de rendre ton dernier soupir… Demain, tu regagneras ta patrie pour y faire de grandes découvertes… Poursuis ta route sans peur, mon fils, va, va…»

À l'époque, évidemment, je ne compris pas un traître mot à son charabia et la crus tout bonnement sénile… Le grog au cognac qu'elle avait bu grâce à moi était monté à la tête de cette pauvre folle, qui avait maintenant des hallucinations, et je me sentis coupable de le lui avoir offert. Après les viandes grasses et les vins, c'était trop pour elle… Bien entendu, je m'étais aperçu que je ne vieillissais pas très vite. À soixante-quatre ans, j'étais encore fringant comme à vingt, et pas un seul cheveu gris ne déparait mon abondante crinière de jais, mais je pensais que cet état de choses, bien que loin d'être ordinaire, pouvait quand même s'expliquer par des causes naturelles, une santé remarquable, par exemple, et une hérédité exceptionnelle : mon père, dans les premiers jours du peuplement de la Nouvelle-France, avait été spécialement choisi pour sa taille et sa vigueur supérieures, héritées de ses ancêtres «nortmans», c'est-à-dire vikings, et mon arrière-grand-mère avait simplement joui de cette étonnante longévité amérindienne due, à l'époque, à la sélection naturelle.

Épuisée par sa vision, la cartomancienne alla se coucher, et le reste de la veillée se passa en chants et danses autour du feu. Les autres essayaient de se comporter avec moi de façon normale mais, de temps en temps, ils me lançaient des regards étranges, admiratifs et effrayés à la fois, aurait-on dit, et je voyais bien qu'eux en tout cas avaient cru leur vieille sorcière. Je dormis à leurs côtés, à la belle étoile, et le lendemain nous repartîmes, moi en direction de l'ouest, leur caravane en direction de l'est.

Après une chevauchée de quelques jours, au petit trot cependant et parfois au pas afin de ménager ma monture fatiguée, j'arrivai à La Rochelle où je me rembarquai pour le Canada. Comme personne n'avait voulu m'acheter cette vieille picouille, je l'avais relâchée dans les dunes un peu avant la ville, en espérant qu'elle puisse survivre à l'état sauvage en se nourrissant de folle avoine et de chiendent, mais je crois qu'elle a dû finir en grillades dans les assiettes de quelque famille pauvre et nombreuse, et c'est également très bien.

Ma seconde traversée fut beaucoup plus courte et facile que la première, et je retrouvai une épouse fort heureuse de me revoir, qui se jeta à mon cou et m'arracha pratiquement mes vêtements sur le dos. Notre nuit de retrouvailles fut très douce – tout au moins au début –, et le tangage océanique se répercuta encore longuement sur les vagues de nos draps, dans le mouvement cadencé de mes reins...

CHAPITRE VIII

*Où je suis fait cocu et répudie ma femme, deviens pêcheur
de baleines puis bâtisseur de palissades, épouse en troisièmes
noces une Acadienne qui me donne deux autres rejetons,
me retrouve veuf une seconde fois, découvre les montagnes
Rocheuses, engrosse une ravissante Outagami et atteins, sans
même un seul cheveu blanc, l'âge vénérable de cent ans...*

DANS la frénésie de notre nuit d'amour, je ne m'étais
pas tout de suite rendu compte qu'il y avait un
homme caché sous notre lit. Ce n'est qu'au petit matin,
au moment de mon troisième orgasme que, tombant du
matelas après un spasme particulièrement violent, j'aperçus
un de ses pieds qui dépassait d'un pouce, pour ne pas dire
d'un gros orteil. J'attrapai ce dernier et tirai vers moi une
espèce de grand abruti de dix-huit ou vingt ans, assez joli
garçon du reste, mais bête comme une perdrix de savane
et plus lâche qu'un chien battu. Il se jeta à genoux, nu
comme au premier jour, et, les mains jointes, me supplia
de l'épargner :

«Pitié! Pitié, m'sieur du Chênevert!... Monseigneur,
Vot' Excellence, Chênissime Chevalier... Z'étiez parti
d'puis si longtemps... On vous créyait mort... Vré! Juré
craché...»

Et, s'exécutant, il cracha sur le tapis, quasiment sur mes
pieds.

«Mon chéri..., commença ma femme. Il faut le croire...
Nous ne t'espérions plus... Je...

81

— Suffit! m'écriai-je. Assez d'menteries d'même! Toé, jeune coq, déhors, pis r'mets pus jama's lés pieds icitte ou ben don' j'te fais bastonner… Tant qu'à toé, Isabeau d'mon cœur, j'te répudie, comme i' disent… Artourne sus ton pére ou ben au diab' vauvert, ça m'est égal… Pour mon compte, je r'pars drette 1â pis j'veux pus r'guien vouère de toé icitte quand j'vâs r'venir…»

Mes bagages n'étaient pas encore défaits et je repartis sur-le-champ comme je l'avais dit, sans même savoir où j'allais, proprement cocufié mais portant mes cornes avec la plus grande dignité, m'étant juré de ne pas verser une seule larme pour une femme aussi légère, qui ne le méritait certainement pas. Oh! je sais bien, je n'étais pas plus fidèle qu'elle, et je m'étais même tapé une petite gitane en France, dont j'ai oublié de vous parler dans le chapitre précédent, mais l'époque était macho et je suivais le mouvement comme tous les autres, voilà.

Je laissai donc à l'administrateur de mes propriétés le soin de s'occuper de mes terres et de mes affaires, et je filai vers Montréal sans trop savoir ce que j'allais y bretter, à la recherche d'aventures capables de me faire oublier mes déboires sentimentaux. Je commençai tout naturellement par aller me soûler à l'auberge. C'est là où je rencontrai les marins qui m'entraînèrent à leur suite, et je me retrouvai pêcheur de phoques et de cachalots en moins de temps qu'il n'en faut pour crier «baleine à bâbord!» Au large de Tadoussac de même que tout le long de la côte nord du fleuve et du golfe Saint-Laurent, je participai à la capture de trois cachalots, de cinq rorquals communs, de vingt-huit bélugas et de trente-deux marsouins. Mais notre plus belle prise fut une grande baleine bleue qui mesurait près de cent pieds de long et qui, une fois harponnée, faillit nous tirer derrière elle jusqu'au fond de l'abîme liquide. Notre chaloupe était emportée sur les crêtes d'écume rougies de sang comme si elle avait été munie d'un puissant moteur hors-bord, et notre proie ne semblait pas vouloir s'épuiser. À un certain moment, dans une ruse désespérée, elle revint vers nous et refit surface sous notre embarcation de manière à la faire chavirer, mais par miracle nous nous maintînmes à flot; trois des nôtres toutefois périrent, deux en basculant par-dessus bord, se noyant dans les remous causés par cette masse de chair d'au moins cent soixante tonnes, un autre en étant broyé par un formidable coup de queue. Je profitai de cette remontée de la bête pour lui lancer un dernier harpon qu'elle reçut en plein dans l'évent et qui l'acheva en pénétrant jusqu'aux poumons. Une fois dépecée et son lard fondu, elle nous donna trente-cinq tonnes d'huile à lampe, ce qui pour notre capitaine sans scrupules valait bien les trois vies humaines perdues.

Nous longeâmes aussi les côtes de l'île d'Anticosti et des Îles-de-la-Madeleine à la recherche de loups-marins et de morses, et je frémis aujourd'hui au souvenir des massacres que nous faisions parmi les troupeaux apeurés de ces pauvres animaux pacifiques et stupides, qui ne se défendaient même pas. La mode n'était pas encore à l'écologie, le mot n'était même pas encore inventé. La faune marine pullulait tant que nous n'aurions jamais pu imaginer que le phoque viendrait un jour au bord de l'extinction et que le morse disparaîtrait pour toujours des eaux du Saint-Laurent : nous croyions alors qu'ils avaient été mis là par Dieu pour notre nourriture, notre habillement ou notre éclairage, et qu'ils y seraient encore au jour du Jugement dernier. Pour la même raison, le wapiti et le couguar, encore présents dans l'ouest du pays, ne hantent plus les grandes forêts de pins rouges du sud du Québec, qui ne sont aujourd'hui qu'illustrations dans les manuels d'Histoire, et, bien plus grave encore, nul ne contemplera plus jamais, en aucun lieu, les tourtes, canards du Labrador et grands pingouins exterminés dans leur race même…

L'expédition se passait bien jusqu'à ce que, l'automne venu, il nous arrive un très grand malheur. En effet, dans une petite baie de l'île d'Anticosti où nous avions jeté l'ancre afin de dépecer un épaulard, nous nous laissâmes bêtement prendre par les glaces. Notre capitaine, fin soûl, avait mal jugé de l'état des eaux ainsi que de la température, et il s'en fallut de peu que nous ne le pendîmes à la grand-vergue pour lui apprendre à mettre de cette façon tout son équipage en danger de mort… Nous étions maintenant prisonniers de la banquise, et pour un bon six mois! L'île n'était absolument pas habitée à l'époque, ni par les Indiens, qui ne s'y rendaient que de temps à autre, ni par les Blancs, qui ne s'y aventuraient que l'été pour la pêche à la morue ou autres poissons, et nous étions perdus au beau milieu d'un véritable désert de deux millions et demi d'arpents boisés! Pour comble de malchance, nous n'avions plus rien à manger, sauf quelques biscuits de matelot moisis, et les rivières à saumons étaient gelées en longs rubans bleutés; les phoques étaient partis Dieu seul savait où, les chevreuils ne seraient introduits par monsieur Menier dans ces vastes autant que vides forêts d'épinettes que deux siècles plus tard, et des requins ou d'autres épaulards affamés avaient dévoré la prise que nous avions laissée flotter contre le flanc du bateau : il n'en restait plus que la peau et les os!

Une seule consolation dans toute cette poisse : notre bon capitaine avait eu l'excellente idée de crever dans les convulsions du delirium tremens quelques semaines après, quand le vin et l'eau-de-vie étaient venus à manquer, et nous avions abandonné son misérable cadavre à un iceberg qui dérivait en espérant qu'il nous servirait au moins de signal de détresse auprès d'un éventuel témoin de son passage, ce qui aurait un peu racheté sa faute… Quant à nous, nous survivions tant bien que mal grâce à ma connaissance approfondie de la nature. Ainsi, je dénichai des atocas sous la neige, gelés mais tout à fait comestibles en compote, et gorgés de cette indispensable vitamine C qui préservait du scorbut, je concoctai des potages aux lichens, à l'écorce interne de bouleau et aux bourgeons de cèdre, enrichis d'un peu de cette huile de loup-marin dont nos cales débordaient, mais dont toutefois nous ne devions pas abuser si nous ne voulions pas être pris du va-vite, je fabriquai des pièges à glu et rapportai au navire des pinsons, des piverts et des gros-becs à la chair coriace autant que rare mais tout de même appréciable en bouillon pour un estomac creux, je préparai des fricassées de goéland et de corbeau à la fois répugnantes et soutenantes, et je confectionnai des ragoûts de viande de renard et d'épiderme de baleine qui soulevaient le cœur tout en étant admirablement bourratifs…

Au printemps, amaigris, mais toujours vivants, nous reprîmes le large sous la gouverne du commandant en second, ayant évité le pire, c'est-à-dire de nous entre-dévorer, comme il était advenu à certains équipages victimes de naufrages ou de mésaventures telles que la nôtre et dont nous avions entendu narrer l'horrifique histoire cannibalesque…

Je ne repassai à la maison que pour m'assurer que ma tendre moitié avait bel et bien levé le camp, ce qui heureusement avait été fait (rassurez-vous, je ne suis pas un monstre, je lui avais laissé une généreuse compensation financière, même si je n'y étais évidemment pas obligé…). Je n'y demeurai que le temps de vider ma cave à vins, autrement dit deux ou trois semaines, car aucun siphon ne valait maintenant mon gosier quand je m'attelais à la tâche. Mon gorgoton montait et descendait le long de mon cou à la vitesse d'un yo-yo et le liquide fermenté s'engouffrait en moi comme la mer dans un maelström. Mes affaires allaient rondement, le blé croissait, les pommiers fructifiaient, les vaches vêlaient, les brebis agnelaient, les poules pondaient, et mes gérants et commis se graissaient la patte à qui mieux mieux, ce qui était fort bien ainsi, car tout prospérait d'égale façon, et je repartis bientôt sans m'inquiéter outre mesure de mon avoir.

C'est vers l'île Royale que me guidèrent cette fois mes pas, que l'on appelle aujourd'hui l'île du Cap-Breton et qui était une des rares terres nord-américaines que la France avait réussi à conserver lors de la signature du traité d'Utrecht de si triste mémoire. La mère patrie avait décidé d'y établir une ville fortifiée susceptible de protéger l'entrée du Canada et de servir de port à la flotte française, et je désirais prendre part à cette œuvre qui en était une de la plus haute importance pour tous mes compatriotes. Les travaux durèrent plus de dix ans; les remparts de cette forteresse avaient trente-cinq pieds de hauteur, et le fossé du côté de la terre mesurait quatre-vingts pieds en largeur. La place retranchée, qu'on disait imprenable, reçut le nom de Louisbourg en l'honneur de Louis XV (Le roi est mort… Vive le roi!), et pour la peupler les administrateurs invitèrent les habitants de Terre-Neuve et de l'Acadie, devenues possessions anglaises, à venir vivre de nouveau sous la protection du royaume de France.

Pour oublier ma peine d'amour le plus vite possible, fidèle à ce qui était maintenant devenu une habitude, je me remariai assez rapidement, cette fois-ci avec une petite Acadienne, Lucie Cormier, aux fins cheveux d'un blond presque laiteux et aux yeux noisette. J'avais une maison dans ce nouveau Louisbourg en plus de mes propriétés de l'île d'Orléans, et je voyageais d'un endroit à l'autre comme bon me chantait. Lucie me donna deux beaux enfants aux chevelures de neige lumineuse, Lucien et Claire, mais rendit à Dieu sa petite âme douce et candide quelques années après nos épousailles, en accouchant du second. *Enough is enough*, comme disent si justement les Anglais, et je vendis ce logis où l'on venait à peine de pendre la crémaillère pour retourner en banlieue de Québec. Je confiai mes deux marmots à une nourrice et voulus aller me perdre en quelque contrée sauvage, me noyer dans le vaste espace des territoires inhabités.

Ayant entendu parler de l'expédition que Pierre Gaultier de Varennes, sieur de La Vérendrye, préparait pour la mer de l'Ouest, j'allai aux Trois-Rivières lui proposer mes services, qu'il accepta avec empressement. Il connaissait les exploits de mon père qui s'était rendu, avec Jacques de Noyon, vers 1688, jusqu'au lac des Bois, six cents milles au-delà du lac Supérieur, et rêvait depuis son enfance de marcher sur ses traces. Il voulait être le premier à frayer le chemin par voie de terre jusqu'à l'océan Pacifique. Il voyait là une occasion unique d'agrandir le domaine de la France, de lui ouvrir des routes vers l'Orient, et de contrecarrer la mainmise des traiteurs anglais de la Hudson's Bay Company sur le commerce des fourrures de l'Ouest. Le roi avait accepté sa proposition, mais avait refusé de financer l'entreprise. Sa Majesté lui avait cependant accordé un privilège de traite dont les revenus devaient, selon elle, suffire à payer tous les frais. Il s'était donc lié à un groupe de marchands montréalais qui s'étaient engagés à lui fournir les marchandises et articles de troc.

Notre flottille de canoës d'écorce s'ébranla un bon matin de juin 1731, en partance pour les pays d'En-Haut, les vrais ceux-là, les inexplorés, au plus loin du plus loin... Avec nous, outre les hommes engagés, il y avait Jean-Baptiste, Pierre et François, trois des fils du sieur de La Vérendrye, âgés respectivement de dix-huit, dix-sept et seize ans, ainsi qu'un de ses neveux, Christophe Dufrost de la Jemmerais, âgé de vingt-deux ans, et le père Messaiger, jésuite, agissant à titre d'aumônier. La matinée était belle, nos cœurs débordaient d'espoir et d'enthousiasme, et nous partîmes en chantant vers l'inconnu.

Et maintenant, que vous dire de ces longues années d'exploration, de cette histoire archiconnue, imprimée noir sur blanc dans tous les manuels scolaires, sans risquer de vous ennuyer ? Je ne vous narrerai pas les nombreuses difficultés du voyage, la somme de travail qu'il a fallu pour construire six ou sept forts servant de postes de traite, ni toutes les fois où nous faillîmes périr dans des pourparlers houleux avec des tribus encore plus redoutables que celles des Iroquois. Je ne passerai cependant pas sous silence l'extrême bonheur que j'eus d'être un des premiers hommes blancs à contempler la masse plus qu'imposante des montagnes Rocheuses, véritable chef-d'œuvre de la Création, ni mes amours (encore ?!) tumultueuses avec la belle Loutre-Gracieuse, fille d'un impitoyable guerrier outagami qui ne voyait pas d'un bon œil nos relations. Nous étions obligés de nous rencontrer à la sauvette et de faire l'amour cachés derrière des caisses dans un entrepôt, parmi les joncs en bordure de la rivière Rouge ou sous les trembles en pleine nuit, et je dois avouer que ces contraintes ajoutaient beaucoup de piment à l'affaire. Cependant, par peur des représailles de son père et malgré le fait qu'elle fût enceinte de moi, Loutre refusa de me suivre lorsque je revins à l'île d'Orléans, et je ne la revis jamais...

Et c'est sur cette anecdote pas tellement à mon honneur que se termine le récit de mon premier siècle de vie, car de retour sur mes terres je m'occupai enfin de mes enfants et de mes affaires et vécus tranquillement jusqu'à mon centième anniversaire, en 1756, qui coïncida avec le début de la terrible guerre de Sept Ans, laquelle mena à la chute de Québec, mais ça, c'est une autre partie du livre à entreprendre...

DEUXIÈME CENTENAIRE

CHAPITRE PREMIER

*Où je perds mes huit premiers enfants, apprends avec
stupéfaction que j'ai engendré un félin, participe à
la bataille des plaines d'Abraham et me propose
de devenir un nouveau Robin des Bois...*

EN 1756, les enfants que j'avais eus de mon premier
mariage étaient tous morts. Louis, à cinquante-huit
ans, s'égara dans une tempête de neige, au nord de la
mission des Sept-Îles qu'il desservait, et sa carcasse gelée
fut dévorée par les loups, les carcajous et les pékans;
Louison, fidèle à elle-même, perdit le combat, à quarante
ans, contre une infection blennorragique aggravée par son
alcoolisme chronique, puisque mon amour paternel
redonné au centuple n'avait quand même pas été suffisant
pour racheter mes fautes antérieures, combler les vides
laissés en son cœur et sauver son âme en perdition;
François, à trente et un ans, périt en mer dans un naufrage,
quelque part sur les côtes de la Colombie, lorsque son
navire chargé de minerais alla s'écraser sur des récifs;
Françoise mourut de sa belle mort à soixante-deux ans, dans
son sommeil, le sourire aux lèvres comme si elle venait de
contempler les séraphins dans toute leur gloire; Marie se
cassa le cou à cinquante-cinq ans, au sortir de la messe, en
déboulant le perron d'une église aux marches couvertes de
verglas; Angélique, à quarante-neuf ans, fut emportée par
un mal de ventre qui lui dévora les entrailles mieux qu'un
essaim de crabes et lui arracha d'atroces cris pendant des

semaines; quant à Joseph, à soixante-treize ans, il eut le corps ouvert comme un vulgaire lapin, du nombril au larynx, par l'extrémité taillée d'un grand frêne qu'il venait d'abattre et qui avait méchamment rebondi en touchant le sol. Finalement, sur les deux descendants que m'avait donnés Lucie Cormier, il ne me restait que Lucien, car Claire, à l'âge de seize ans à peine, avait succombé à une pneumonie lors d'un hiver particulièrement humide où pluie, brouillard, bruine, neige fondante, giboulée, grésil et tutti quanti s'étaient succédé… La vie est ainsi faite, aussi terrible que belle; c'est pour cela qu'elle nous fascine, nous attire et nous répugne tout à la fois. On dirait que tout dans l'Univers est organisé pour que l'équilibre entre le positif et le négatif soit constamment maintenu. Un bonheur pour un malheur, une naissance pour une mort, un plaisir pour une souffrance, le mal aussi fort que le bien, la nuit aussi longue que le jour, le doute aussi présent que la certitude : toujours l'horreur succède au sublime, le sublime à l'horreur… Peut-être que si l'un des plateaux de la balance était une seule seconde plus lourd que l'autre, penchait une seule fraction de seconde et d'un millième de millimètre plus d'un bord que de l'autre, oui, peut-être qu'alors le pôle Nord et le pôle Sud s'inverseraient, peut-être que le Cosmos tout entier basculerait et s'anéantirait, soit dans l'explosion, soit dans l'implosion; enfin, peut-être que le Démon n'est que l'autre, obscure et indispensable face de Dieu…

Après ces considérations pour le moins philosophiques, revenons si vous le voulez bien à des choses plus terre-à-terre. Tout d'abord, j'eus la surprise, au début de cette année-là, de voir survenir chez moi une jeune Indienne dans la vingtaine, belle comme une svelte et souple bête fauve, qui déclarait être ma fille et celle de Loutre-Gracieuse. Cette dernière, selon ses propos, était décédée en lui confiant pour la première fois de sa vie le secret de sa naissance, et elle avait voulu connaître ce père qu'on avait prétendu mort avant qu'elle ne fût venue au monde, c'est-à-dire moi-même en personne… Ses cheveux plume de corbeau et son teint de terre cuite contrastaient vivement avec la tignasse de folle avoine, de fleurs de sorbier, et la peau de lait de mon Lucien, qui vivait encore sous mon toit malgré ses trente ans révolus.

Elle avait reçu le nom évocateur de Panthère-Noire en raison de la souplesse de ses mouvements et de cette coloration foncée de sa peau, qui rappelaient toutes les deux ces couguars entièrement noirs qui naissent parfois, mêlés à une portée par ailleurs normale. Elle s'installa dans l'ancienne chambre d'Isabelle, et je la laissai faire. Elle n'avait évidemment jamais vu de lit à baldaquin, et elle se vautrait là-dedans comme un ours dans la vase fraîche en période de canicule. Elle était folle des bains et elle en prenait au moins deux par jour, parfois trois, de sorte que les servantes ne fournissaient pas de transporter marmites d'eau bouillante, fioles de parfums et piles de serviettes. Elle courait dans toute la maison, légère, agile, parfois nue comme Ève au jardin d'Éden, car elle ne connaissait pas la pudeur des Blancs, dansant sans même le savoir, tourbillonnant telle une véritable tornade, s'émerveillant de tout, se mêlant de tout, enjouée, rieuse, et elle prit bientôt une place essentielle dans ma vie devenue terne, qui se rallumait maintenant au contact de la sienne.

Au cours des années précédentes, de nombreux accrochages militaires avaient laissé présager une reprise officielle des hostilités entre les royaumes de France et d'Angleterre.

Il y avait d'abord eu l'affaire Jumonville-Washington, où le premier avait été tué par les hommes du second lors d'une escarmouche quelque part le long de l'Ohio, créant un incident diplomatique, puis l'expédition vengeresse du frère de Jumonville au fort Necessity, la bataille de la Monongahéla et le combat du lac Saint-Sacrement, l'attaque des vaisseaux français par Boscawen, la prise des forts Beauséjour et Gaspareaux en Acadie, les raids des Sauvages alliés de cette même région contre les habitants de la Nouvelle-Angleterre, et finalement l'inacceptable et inhumaine déportation de nos frères acadiens, suivie de la chute de ce Louisbourg que nous avions naïvement cru imprenable...

Bref, la guerre était imminente, et elle éclata en mai 1756, amorcée par un combat naval dans la Méditerranée entre les deux monarchies, pour des questions de commerce et d'actes de piraterie commis par des corsaires à la solde des Anglais contre des navires marchands français. Elle eut tout de suite des répercussions en Amérique et, de fil en aiguille, d'escarmouches en échauffourées, d'engagements en combats plus violents et en véritables batailles, nous nous retrouvâmes avec une citadelle assiégée. Devant Québec mouillaient, sur deux lignes depuis la pointe de Lévis jusqu'à l'île Madame, une trentaine de gros vaisseaux, une douzaine de frégates et corvettes, deux galiotes à bombes, quatre-vingts navires de transport et cinquante ou soixante petits bateaux ou goélettes, au total cent soixante-treize bâtiments chargés de tout près de neuf mille soldats!

Consécutivement aux bombardements, la ville fut bientôt en flammes et les lueurs du gigantesque brasier illuminèrent le fleuve et toute l'île d'Orléans. Puis, les fermes et les maisons de l'île elles-mêmes s'enflammèrent, mais ce n'était pas à cause d'étincelles ou de brandons transportés par le vent par-delà les eaux, non. C'étaient plutôt les troupes anglaises qui détruisaient et incendiaient tout sur leur passage pour démoraliser la population et tuer dans l'œuf la moindre velléité de résistance à l'envahisseur. Comme je me trouvais à Québec même au moment où les événements survinrent, m'étant porté volontaire pour défendre nos murs, je ne sus que beaucoup plus tard que Lucien avait été gravement blessé d'une balle à la tête, Panthère-Noire violée par une bande de mercenaires sans scrupules, et toutes mes propriétés rasées par l'élément dévastateur. En effet, j'étais là, derrière les remparts, lorsque les boulets et les pots à feu tombèrent du ciel, et j'étais là, le 13 septembre 1759 au matin, sur les plaines d'Abraham, aux côtés du marquis de Montcalm, lorsque l'ennemi escalada l'escarpement de l'anse au Foulon.

Comment vous dire le chagrin et la honte que je ressens même encore aujourd'hui au souvenir de ces heures cruelles et tragiques entre toutes, où le sort de la Nouvelle-France se joua en quelque trente minutes de bataille désordonnée? Car oui, nous nous sommes mal battus, et nous avons perdu un pays en majeure partie par notre propre faute, même si ça ne me fait pas très plaisir de l'admettre. Mea culpa! Mea culpa!... Montcalm, à cause de son orgueil, de sa vanité typiquement française, précipita l'attaque, trop sûr de lui, au lieu d'attendre les renforts des troupes de Lévis et de Bougainville qui devaient arriver d'un moment à l'autre, et nous, de la milice canadienne, trop réfractaires aux ordres, trop indépendants et désinvoltes, avons agi comme des enfants turbulents et irresponsables, incapables de se plier à la discipline qu'il aurait fallu pour remporter la victoire.

Quant à moi, dans la mêlée qui s'ensuivit, j'essayai de tirer mon épingle du jeu tout en faisant le plus de morts possible parmi les Habits-Rouges... Je crois même avoir atteint le général Wolfe en personne d'un de mes projectiles, car je l'ai visé du mieux que j'ai pu et je l'ai vu chanceler après la détonation, mais un camarade avait peut-être tiré en même temps que moi...

Après avoir fait feu à plusieurs reprises et reçu beaucoup plus que la monnaie de notre pièce, nous fûmes chargés à la baïonnette plus vite que nous nous y attendions et, pour mon compte, plutôt que de fuir à toutes jambes comme la plupart, je répliquai tant que je pus, transperçant ventres, poitrines et gorges à qui mieux mieux. À travers l'épaisse fumée blanche des fusils et des canons, par-ci, par-là dans les trouées, se découvraient des monceaux de cadavres ainsi que des centaines de blessés des deux camps, qui se tordaient dans les affres de la douleur ou qui étaient agités de tremblements et de spasmes effroyables. Dans la débandade de notre armée, j'aperçus un grenadier anglais en train de viser Montcalm qui tentait de rallier ses hommes et je me jetai sur lui pour l'empêcher de faire mouche, mais ma baïonnette le frappa une seconde trop tard. Le coup partit et je vis Monsieur le marquis tressaillir sous le choc de la balle de plomb.

Je me repliai finalement moi aussi quand je me rendis compte que j'étais pratiquement le seul habit rouge, coloré aux éclaboussures de sang et non pas à la teinture, à se battre encore, luttant contre quatre, cinq, six soldats à la fois, à coups de crosse de fusil, de botte ou de coude, risquant ma vie pour une bande de trouillards qui ne le méritaient certes pas.

Vous connaissez sûrement la suite : cette capitulation tout autant précipitée que notre attaque à cause des pressions exercées par les négociants de la ville, certains officiers et le clergé entier, coalition de lâches et de lèche-culs qui eurent peur pour leurs biens. C'est pourquoi j'exècre encore aujourd'hui toute bourgeoisie et tout porteur de soutane, quel qu'il soit.

Lorsque les esprits se furent un peu calmés, que la poussière des bombardements fût retombée, je regagnai l'île d'Orléans pour y découvrir le désastre dont j'avais commencé plus haut de vous parler. De tout mon domaine, il ne restait debout qu'une grange qui avait par miracle échappé aux flammes... Lucien et Panthère-Noire s'y étaient réfugiés, ou plutôt il serait plus juste de dire que cette dernière y avait traîné mon fils à moitié mort, qui semblait être plongé dans un profond coma. Étendu sur la paille, les cheveux gluants de sang coagulé, il respirait à peine. En m'apercevant, Panthère-Noire se jeta dans mes bras et se mit à pleurer à chaudes larmes. Entre deux sanglots, dans son français approximatif, elle tenait des propos en apparence incohérents :

«Démons rouges... Feu rouge... Ciel rouge la nuit... Sang rouge... Tout rouge... Fleuve de feu... Fleuve de sang... Moé tuer démons... Tuer démons pour que le bleu revienne...»

Mais elle ne délirait pas. Dès le lendemain, elle commença à mettre en pratique ce qu'elle avait dit et me démontra que, de la panthère, elle n'en avait pas que la souplesse, mais en possédait aussi la férocité. Furtive, presque fluide, se glissant et rampant parmi les fourrés telle une ombre, profitant de l'abri temporaire de la moindre souche et du plus maigre buisson, elle fondait sur tout Anglais qui passait à sa portée, le poignardant sans remords aucun dans le dos, lui enfonçant au creux des reins ou entre les deux omoplates un long couteau au manche sculpté, qui avait jadis appartenu à son père. Elle prélevait ensuite son scalp, imitant ainsi les impitoyables guerriers de sa race, même si elle était femme jusqu'au bout des ongles. Elle se vengeait ainsi du viol dont elle avait été victime, j'imagine, car parfois, quand elle en avait le temps, elle tranchait aussi la verge de sa victime et la rapportait avec fierté à la grange où nous nous terrions.

Les troupes écarlates finirent par lever le camp cependant, puisque leur mission était accomplie, et nous nous retrouvâmes entre survivants, avec une paroisse à reconstruire. Lucien avait repris connaissance grâce à Dieu, à mes breuvages médicinaux et au foin d'odeur brûlé par ma fille autour de sa tête, la balle n'ayant pas traversé le crâne mais seulement glissé sur l'os pariétal en le fracturant légèrement. Longtemps après, toutefois, bien longtemps après que la maison fût rebâtie, il resta comme abasourdi, hébété, ne bougeant plus de son fauteuil. Il regardait Panthère-Noire toute la journée avec la plus grande intensité, ne perdait aucun de ses mouvements, aucun de ses gestes, la contemplait on aurait dit, la dévorait des yeux.

Moi-même, je ne pouvais plus en détacher mes regards, car elle me fascinait maintenant à l'égal de ces déesses antiques à la fois désirables et terrifiantes. C'était pourtant ma fille, la chair de ma chair, comme on dit, et je me trouvais fort embarrassé de tels sentiments. Si elle n'avait pas été tant impudique aussi, tant libre de toute gêne! Elle se promenait toute nue de la cave au grenier, malgré mes réprimandes, faisant ballotter ses superbes rotoplots bien lourds et dandiner ses petites fesses brunes et fermes devant nos pauvres pupilles écarquillées, si bien que nous étions devenus, son demi-frère et moi, son propre père, des mâles en rut n'ayant plus qu'une idée fixe derrière la cervelle, car la nature est la nature, nom de Dieu, et la civilisation qu'un mince vêtement jeté sur la fourrure de la bête!…

Un bon jour, j'en eus assez de baver sur mon jabot. Je me fâchai et, malgré mon aversion pour le clergé, je décidai de placer Panthère-Noire chez les religieuses, où je la laisserais le temps qu'elle apprenne la bienséance. Il n'y avait pas d'autres solutions de toute façon, les écoles laïques n'existant pas encore à cette époque, du moins chez nous. Puis, j'entrepris de brasser un peu la carcasse de mon Lucien, car je ne supportais plus de le voir dans cet état. Malgré son air malheureux, voire désespéré, je le forçai à se lever, à marcher, à manger, à parler, à rire, à pleurer, à se mettre en colère et, quand il eut enfin repris apparence humaine, je l'entretins des desseins secrets que je nourrissais depuis un moment. Ayant conservé une très forte rancune contre les négociants de Québec pour ce que je considérais être un acte de haute trahison, je m'étais persuadé que la seule façon de me venger d'eux était de les battre sur leur propre terrain, de nuire à leurs intérêts mêmes en m'appropriant la plus grande part possible de leur marché.

Ainsi, avec mon Lucien pour bras droit, je mettrais d'abord sur pied une compagnie de traite des fourrures monstre (un projet que je caressais, si j'ose dire, dans le sens du poil…), où j'attirerais tous les meilleurs coureurs de bois avec un pourcentage sur la recette de beaucoup supérieur à ce que tout autre concurrent pourrait leur offrir, ma fortune personnelle me permettant même, me disais-je, de fonctionner à perte s'il le fallait; puis, nos nouveaux maîtres anglais ayant un besoin criant de fûts de pin rouge ou blanc pour les mâts de leurs flottes de

guerre et de commerce – toutes les deux les plus im-
posantes du monde –, je me livrerais à la coupe sur une
grande échelle et à l'exportation des résineux (je touchais
du bois pour que ça marche…); enfin, je ferais construire
moi-même plusieurs navires et, après avoir été un simple
pêcheur de ces mastodontes, je me lancerais dans l'industrie des produits de la baleine (en espérant que tout
baignerait dans l'huile…).

Pour enfoncer le clou davantage, je serais une sorte de
Robin des Bois canadien. Je distribuerais mes profits aux
plus démunis de mes compatriotes, chômeurs, malades ou
estropiés, et je consentirais des prêts à des taux d'intérêt
extrêmement bas ou sans intérêt du tout aux paysans
pauvres, tout cela afin qu'aucun usurier ne puisse profiter
de leur misère ni aucun banquier de mes écus.

Lucien m'approuva, certain lui aussi de tenir là sa
vengeance, et, à ma plus grande joie, une étincelle s'alluma
tout au fond de ses yeux sombres, une petite lueur que je
n'avais pas vue depuis bien longtemps et qui me ragaillardit
moi aussi…

CHAPITRE II

Où je combats les envahisseurs et les traîtres sur leur propre terrain, prends mes deux enfants en flagrant délit d'inceste, fais faillite et me perds corps et biens dans l'océan alcoolisé d'une profonde déprime…

APRÈS QUÉBEC, ce fut au tour de Montréal de capituler, puis, en 1763, avec le traité de Paris, la France céda à la Grande-Bretagne toutes ses colonies du Nouveau-Monde sans exception, le Canada, l'île Saint-Jean et celle du Cap-Breton, toutes les îles du golfe et du fleuve Saint-Laurent et tous les territoires louisianais situés sur la rive gauche du Mississippi. Une fois de plus et pour de bon, l'amère patrie nous avait abandonnés, et nous étions maintenant de façon définitive, qu'on le voulût ou non, sujets de Sa Majesté Georges III, roi d'Angleterre.

Lucien et moi nous jetâmes donc à corps perdu dans de multiples activités commerciales pour laver cet affront, mais aussi, je crois bien, pour tenter d'oublier un peu. Panthère-Noire, après une année plus que mouvementée chez les bonnes sœurs qu'elle avait scandalisées tant qu'elle avait pu, jusqu'à ce qu'on la mette à la porte, vint nous rejoindre et nous suivit dans tous nos déplacements – elle s'était évidemment promenée à poil dans les corridors de l'internat, comme à son habitude, mais elle avait aussi embrassé sur la bouche une jolie novice qui lui plaisait et donné un coup de genou dans les couilles du vieil aumônier qui, selon ses dires, l'avait tripotée à la sauvette!

Comme prévu, les coureurs de bois se présentèrent par dizaines à notre bureau de recrutement et nous n'eûmes qu'à nous réserver les meilleurs éléments, la crème de la crème. Nous les envoyâmes aux quatre points cardinaux chercher tout le castor, tout le vison et toute la martre qu'ils purent, et ils revinrent avec des canoës si chargés qu'ils risquaient de couler, alléchés par les pourcentages princiers que nous leur offrions. Les trafiquants de Montréal et de Québec s'arrachaient les cheveux, criaient au vol et à la malhonnêteté...

En ce qui concerne l'exploitation forestière, tout marcha également comme sur des roulettes. Nous allâmes d'abord tous les trois explorer les régions prometteuses, à la baie Saint-Paul, aux Éboulements, à la Grosse Roche, et même jusque sur les rives sauvages du Saguenay. Panthère nous guidait, courait devant nous en se faufilant avec adresse entre les troncs, traversait les ruisseaux en sautillant de pierre en pierre, se glissait dans les hautes fougères et les buissons touffus avec des froufrous sensuels de jupons froissés, bondissait par-dessus les arbres tombés mieux qu'un fauve en chasse, car elle était de toute évidence dans son élément. Instinctivement, grâce à une espèce de science infuse, pourrait-on dire, elle savait découvrir les plus belles pinèdes, celles de haute futaie, pareilles à des colonnades antiques, aptes à se transmuer en forêts de mâts de misaine ou d'artimon, mais aussi les chênaies, les hêtraies, les ormaies, les érablières, les sapinières, les frênaies et les peupleraies les plus riches, et nous n'avions que l'embarras du choix. Dire que la plupart des Européens croyaient que le Canada n'était couvert que d'épinettes rachitiques et de bouleaux rabougris, tordus par le noroît ou les vents glaciaux du large, qui en faisaient cette «Terre de Caïn» dont avait malencontreusement parlé Jacques Cartier dans ses relations de voyage – il avait raté là une formidable occasion de se taire, tout comme M. Voltaire avec ses «quelques arpents de neige»! En fait, à l'époque, notre pays était un véritable Paradis pour quiconque désirait faire le commerce du bois, et nous exultions!

Quant à nos pêcheries, elles prospéraient, et l'huile de loup-marin ou de marsouin coulait à flots, emplissant barriques et cales, si bien qu'il me chagrinait parfois que ce ne fût pas du vin! Des centaines d'hommes travaillaient pour nous, et nous disposions de cinq baleinières construites sur nos propres chantiers. J'avais nommé Lucien gérant de cette branche de nos affaires, car il s'était pris d'une passion soudaine pour les bateaux et la mer. Panthère-Noire, elle, connaissait la fourrure sur le bout des doigts, c'est le cas de le dire, et la jugeait de manière infaillible au simple toucher, c'est pourquoi elle devint ma seule autorité en cette matière, tandis que moi, je m'occupais des billes et des poutres qui sortaient maintenant de notre scierie… Nous formions un trio imbattable, une sorte de Trinité du Saint Négoce, presque un triangle amoureux. Oui, c'est l'expression la plus juste, je crois; nous constituions quasiment un triangle amoureux, à tel point que nous étions devenus inséparables et que nos relations étaient à présent presque incestueuses. Panthère était si belle, si sensuelle et si désirable que nous la convoitions tous les deux, mais plus ou moins consciemment cependant. Cela se traduisait par une jalousie sourde, inavouée, quand nous étions ensemble en sa présence, qui dictait notre conduite, déterminait la moindre de nos paroles et le plus infime de nos gestes, comme dans une niaiserie sentimentale au théâtre. Nous en étions peu à peu arrivés à nous considérer comme des rivaux, en constante compétition pour accaparer son attention, monopoliser ses sourires et ses câlins, qui étaient pour nous des faveurs insignes.

Le drame devait bien finir par éclater un jour, et l'affrontement eut lieu effectivement, un matin, lorsque je surpris Panthère et Lucien endormis dans le même lit, dans les bras l'un de l'autre. Mes hurlements furieux les réveillèrent, et Lucien se mit aussitôt à crier lui aussi, sur la défensive :

«Qu'esse qu'i'â, son pére? Z'avez jama's vu in homme pis ane femme partager la même pâillasse? Ça s'rait-i interdit, à c't'heure?»

Se sentant coupable, il venait de me donner lui-même la corde pour le pendre.

«Ça l'ést quand lés deux parsonnes sont du même sang… Tu viens de m'déshonorer, mon fils… Tu m'fais tellement honte qu'j'en ai mal au vent'… J'pourrais t'fére j'ter au cachot pour çâ, t'fére fouetter, déporter, t'envoyer aux galères… Si c'ést-i pâs verrât… Coucher hec sa d'mi-sœur!…

– Pis vous?… Ça fa't dés années qu'vous la r'luquez comme si qu'c'était ane catin dés trottouères de Paris!… Vot' prop' enfant!… Lés z'yeux qui plongent dans l'décolleté, lés z'yeux par en d'sour d'la jupe, lés z'yeux qui louchent à gauche, lés z'yeux qui louchent à drette… Dés afféres pour arviver bigleux à force d'la zyeuter!…»

Je ne pouvais rien répondre à cela vu qu'il avait entièrement raison. Je me contentai donc de le tirer du lit par la peau du cou et de le jeter dehors à coups de pied au derrière. Quant à Panthère, elle sortit elle-même de sous les couvertures, drapée dans sa seule dignité, et vint m'embrasser sur les lèvres avant de s'exclamer, le regard illuminé par le bonheur :

«T'és jaloux, mon gros grizzly... C'ést signe que tu m'aimes très fort... J'adore lés hommes jaloux!»

Là, elle me sciait carrément les deux jambes... Je restai muet, hébété, tandis que Lucien revenait dans la chambre en passant par la fenêtre, car je l'avais envoyé tout nu sur le banc de neige, par un froid de moins trente, et il était en train de se geler les amourettes.

L'affaire en resta là pendant quelques semaines, tandis que nous nous regardions en chiens de faïence, jusqu'à ce que Panthère décidât par elle-même de s'en aller. Elle avait fait la connaissance d'un jeune coureur de bois tout à fait dans ses goûts, qui voulait l'épouser et l'amener voir les chutes du Niagara, ce qui arriva bel et bien et qui fut en fait, je vous l'affirme, le premier voyage de noces de l'Histoire en cet endroit devenu haut lieu touristique chéri de tous les amoureux d'Amérique du Nord. Puis, Lucien alla confesser son péché au curé de notre paroisse et me revint plus pur qu'un angelot. Je ne pouvais plus rien lui reprocher : si Dieu lui-même lui avait pardonné, qui étais-je, moi, pour le juger?

Nous étions donc redevenus bons copains et solidaires lorsqu'une coalition de marchands de Québec et de Montréal, francophones et anglophones unis dans l'adversité (l'argent n'a pas d'odeur), nous déclara la guerre. Le prix de la fourrure baissa d'abord dramatiquement, nous acculant presque à la faillite. Puis les Anglais se lancèrent eux aussi dans le commerce du bois et nous firent une concurrence acharnée, nous écrasant sous le nombre. Finalement, ces mêmes rosbifs monopolisèrent l'exportation de l'huile marine, si bien qu'il ne nous restait plus qu'à déclarer forfait. Cependant, mon amour-propre m'interdisant d'abdiquer, je m'entêtai à vouloir rester dans la course et engageai des sommes pharamineuses dans la construction de nouvelles scieries et de navires de plus fort tonnage, capables d'aller pêcher en territoire neutre, au beau milieu de l'Atlantique. En quelques années de cette folie paranoïde et mégalomaniaque, je me retrouvai fauché comme les blés, les orges et les avoines ensemble, lessivé à grande eau, décapé, décavé, dévasté, mangé tout cru, brûlé par les deux bouts, coulé à pic; bref, entièrement, complètement et totalement ruiné.

Je possédais encore mon manoir et ma ferme, me direz-vous, mais un malheur n'arrive jamais seul, comme l'affirme la sagesse populaire, et une série de catastrophes s'abattit sur moi : sécheresse, tornade, tempête de grêle, gel hâtif, tant et si bien qu'à la fin, je perdis tout ce qui me restait, bâtiments et récoltes, courage et volonté, et même mon pauvre Lucien, qui par désespoir se suicida en se jetant du haut de la falaise. Après l'avoir amèrement pleuré, je l'enterrai sous le grand chêne au bout de notre champ de blé, qui avait toujours été l'emblème de notre famille, dans un beau cercueil du même bois, et en espérant que, parmi les céréales retournées à l'état sauvage et les mauvaises herbes de ce pré que je laisserais désormais en friche, pousseraient les flamboyants coquelicots qu'il aimait tant.

Au cours des années qui suivirent, je sombrai, pour la première fois de ma vie, dans une profonde dépression nerveuse. C'était à mon tour de ne plus quitter les bras de mon fauteuil, qui étaient devenus ceux de Morphée, mais au sens figuré, dormant sans dormir. Je passais toutes mes journées de neurasthénique et toutes mes nuits d'insomniaque à boire un horrible cidre fait à partir de pommes pourries ou de la gnôle qui brûlait l'estomac mieux qu'un grand verre d'acide pur, autrement dit, une espèce de mauvaise eau-de-vie de prune de fabrication artisanale qui prenait feu à la moindre étincelle. J'avais congédié tout mon personnel, que je ne pouvais plus payer de toute façon, et je ne m'occupais plus de rien. Le lierre avait grimpé le long des murs extérieurs du manoir et envahissait les fenêtres, empêchant les rayons du soleil de pénétrer, tandis que les murs intérieurs, eux, s'étaient lézardés, l'eau gouttant du toit les jours de pluie, faisant tomber le plâtre du plafond par larges plaques détrempées. Il y avait tant de poussière sur les meubles qu'on eût dit de la neige, les araignées avaient tissé d'immenses toiles dans les encoignures et des mulots avaient fait leur nid sous le plancher.

Un soir de juillet 1774, alors qu'un orage électrique d'une rare fureur se déchaînait dans l'obscurité, la foudre tomba par deux fois. Elle fondit d'abord sur ma maison, qui s'écroula ni plus ni moins sur moi, comme un vulgaire château de cartes, dans un vacarme effroyable et un tourbillon de poussière de plâtre. Ensuite, quand je sortis de ces décombres fumants – après sept longues années de claustration volontaire –, je la vis s'abattre sur le chêne, celui-là même qui ombrageait la tombe de mon fils bien-aimé, lequel se fendit en deux sur toute sa longueur et s'enflamma aussitôt, illuminant le champ repris par les ronces et couvert de centaines de ces coquelicots jadis souhaités. Sans faire ni une ni deux, quoique roide et abasourdi, je m'engageai sur le petit chemin vicinal qui traversait la paroisse, trempé jusqu'à la moelle par la pluie battante mais bien décidé à marcher jusqu'à l'autre versant de la nuit, où je voulais croire que m'attendait un magnifique arc-en-ciel.

Au même moment ou presque, à Versailles, un nouveau roi Louis, seizième du nom, montait sur le trône sans savoir que ce geste lui coûterait un jour sa tête, réalisant de ce fait la prophétie de ma cartomancienne gitane, pendant qu'à Philadelphie se réunissait le premier congrès américain et que s'amorçait ainsi la guerre pour l'indépendance des États-Unis. À Londres, l'Acte de Québec rétablissait chez nous l'usage des anciennes lois civiles françaises, aboli lors de la proclamation royale du 7 octobre 1763, et redonnait aux Canadiens le droit au libre exercice de la religion catholique, cela non pas par bonté d'âme, mais bien plutôt pour éviter une rébellion imminente.

Pour mon compte, je me foutais superbement des affaires de ce monde de plus en plus démentiel et j'avançais tête nue sous l'averse, j'avançais dans les flaques de boue de la route inondée, j'avançais vers mon salut, là-bas, de l'autre côté du tournant, et du prochain, et de l'autre encore, je marchais, je marchais, je marchais…

CHAPITRE III

Où je m'embarque pour le Labrador, passe à l'ennemi, suis
arraché à la tentation du suicide par une jeune Esquimaude
polyglotte, vaincs en combat singulier un mastodonte
des glaces, épouse ma salvatrice susmentionnée, construis
un nid de rondins au Paradis et ressuscite
les quatre évangélistes…

COMME toute île en ce monde, l'île d'Orléans était entourée d'eau, diraient les soldats de La Palice, et la route que j'avais empruntée s'arrêtait fatalement au bord du fleuve. Je pris donc un bateau pour n'importe où, qui me débarqua sur la côte du Labrador actuel. Résigné à mon sort, je m'étais engagé pour la Hudson's Bay Company (eh oui!), qui avait besoin d'un commis dans cette région. Je baragouinais assez l'anglais pour réussir à faire croire à mes employeurs que je le parlais couramment, et je m'étais présenté sous le simple patronyme de Chênevert, ayant renoncé à ma particule nobiliaire pour ne pas être reconnu, mais aussi parce qu'elle n'avait plus aucun sens pour moi. Le magasin où je devais travailler n'était qu'un simple comptoir de traite, un GENERAL STORE, comme le clamait l'enseigne en grosses lettres peintes, où l'on trouvait de tout, de la farine, du lard salé, du sucre, du thé, du tabac, de l'huile à lampe, des fusils, des munitions, des couvertures de laine (Alouette!), et, bien entendu, du whisky irlandais et du rhum de la Jamaïque, qui avaient remplacé les eaux-de-vie françaises, mais qui étaient tout autant nuisibles à la santé des indigènes, lesquels en devenaient rapidement esclaves – ne devrait-on pas plutôt les rebaptiser «eaux-de-mort»?

Puisque l'on parle des autochtones, ceux qui habitaient cette contrée perdue étaient des Esquimaux, qui préféraient d'ailleurs s'appeler eux-mêmes Inuits. Ils passaient le court été nordique au bord de la mer, à l'embouchure du fjord où le poste était situé, car les eaux en cette saison étaient libres de glaces et la pêche à l'omble arctique et au saumon, de même que la récolte des moules dont ils raffolaient, étaient alors très bonnes. L'hiver, ils repartaient à la chasse loin dans la toundra, sur des traîneaux tirés par de puissants chiens-loups, dormant la nuit dans des igloos, pour revenir au printemps chargés de fourrures de renard blanc ou d'ours polaire qu'ils échangeaient contre toutes sortes d'articles ou de denrées. Puis, après le bref intermède estival, le cycle recommençait.

Dans la toute petite maison qui m'était réservée, après le travail, je passais la plupart de mes soirées à écouter des hurlements. C'étaient tantôt ceux du vent courant au ras de la plaine enneigée, tantôt ceux des chiens attachés à des piquets et criant famine ou même ceux de loups ameutant leurs compagnons dans les lointains mauves, et parfois c'était tout cela à la fois, dans une interminable et lugubre lamentation qui me semblait celle d'âmes perdues, à jamais errantes dans cet enfer glacé.

Je vous l'ai déjà dit, je crois, toujours ce fut la femme qui, dans les pires moments de ma vie, me sauva. Or, un soir que je me contemplais dans la glace d'un air morne, une bouteille de rhum vide dans une main et un pistolet chargé visant ma tempe dans l'autre, une jeune fille inuit entra précipitamment dans ma cambuse, sans prendre la peine de frapper, car les portes n'existaient pas dans les igloos et les tentes, et elle ne connaissait que ce type d'habitation. Elle se jeta aussitôt sur moi et m'enleva mon arme, puis se mit à m'insulter en esquimau, mais évidemment je n'y compris goutte. Voyant que je ne réagissais pas, elle s'essaya dans un curieux mélange de français et d'anglais qui aurait fait se retourner dans leurs tombes respectives tout autant Molière que Shakespeare :

«Toé crazy!... Pâs tuer la vie!... La vie, c'ést beautiful... Jésus t'âs sauvé... Mother Earth loves you... Toé poor little cornichon plein de vinaigre in the head!... Viens-t'en... Father t'invite for supper...»

Et, disant cela, elle commença à m'habiller, car je ne portais, en cette tiède soirée de printemps où le thermomètre dépassait les 2 ou 3 degrés, que mon caleçon long et mes chaussettes de laine. Ensuite, elle me tira par la manche de ma chemise et m'entraîna dehors.

Dans la pénombre de la tente, parmi une multitude hétéroclite d'objets et la fumée des pipes, je discernai bientôt les parents de mon petit ange gardien aux yeux bridés, puis, tout au fond, assis en tailleur sur une peau de caribou, un très vieil homme au visage tout craquelé, tout raviné par de longues années d'exposition au froid intense du Grand Nord canadien, et qui était son grand-père.

Je fus d'abord invité à prendre le thé – qui, soit dit en passant, était excellent –, puis je fus obligé, pour ne pas les insulter en refusant leur hospitalité, de manger de la chair de béluga crue, toute dégoulinante de sang, et de gros morceaux de gras de licorne de mer tout aussi crus, fuyant sous la dent et coulant dans le gosier sans qu'on eût réussi à les mastiquer. J'avais des haut-le-cœur, une épaisse et abondante salive dans la bouche, mais je me retenais de vomir et essayais de penser à autre chose, à un rôti de porc frotté d'ail et bien doré, un gigot d'agneau garni de petits pois frais, du bœuf à la mode ou de la dinde aux marrons. «Garde le sourire, me disais-je en moi-même, garde le sourire coûte que coûte afin de ne pas les offenser, comme si ta vie en dépendait…», et je ne quittais pas des yeux les harpons barbelés près de l'entrée, qui auraient pu transpercer un homme de part en part.

Je vous épargne la conversation banale sur le temps qu'il faisait ou les difficultés de la pêche au marsouin que j'eus avec les parents de la fille, qui s'adressèrent à moi dans le même étrange «franglais» qu'elle, par-dessus le marché, mais je dois vous avouer que mon étonnement fut immense quand le grand-père, qui n'avait pas ouvert la bouche de la soirée, mais qui m'avait lancé de fréquents regards à la dérobée, me dit tout à coup (ici, je traduis en bon français pour que ce soit plus compréhensible) :

«Il y a quelque chose que je ne comprends pas… Ton père est venu ici, il y a environ quarante ans, mais en même temps ça ne peut pas être ton père puisque c'était un prêtre de la mission des Sept-Îles, et les Robes Noires n'ont jamais d'enfants, leur Dieu ne leur permettant pas d'aller avec les femmes… Il te ressemblait pourtant comme deux gouttes d'eau… Mais peut-être était-ce le frère de ton père… Éclaire-moi…»

Je ne pouvais pas lui expliquer qu'il s'agissait en fait de mon fils, qui avait une cinquantaine d'années à l'époque, car il n'aurait pas cru que je pusse avoir, moi, au moment où je lui parlais et par conséquent, près de cent vingt ans! Et, pour la première fois de ma très longue vie, je réalisai vraiment que toute cette histoire n'avait aucun sens.

J'éprouvai soudain un vertige au souvenir de la prédiction de la vieille bohémienne rencontrée près d'un demi-siècle plus tôt en France. Était-il possible que je fusse vraiment presque immortel? À deux fois l'âge que les gens atteignent en moyenne, pas le moindre rhumatisme n'ankylosait mes articulations, je pouvais voir un lièvre blanc dans un champ de neige à cinq cents pieds, entendre une mouche voler à la même distance, et n'arborais que trois poils décolorés dans toute ma toison pectorale... J'en étais à la fois ravi et terrifié, ne savais plus si je devais en rire ou me mettre à hurler d'effroi!

Toujours est-il que je répondis à mon vieillard perplexe que l'homme qu'il avait autrefois rencontré était bel et bien mon oncle, le frère jumeau de mon père, histoire de désamorcer la situation. De mon côté, j'appris que cet «oncle-fils» avait eu le temps de convertir et de baptiser la plupart des habitants de la région avant d'aller se perdre dans les landes balayées par le blizzard et de mourir gelé. Il avait aussi essayé de leur apprendre le français, mais les Anglais qui étaient venus après lui avaient miné ses efforts, et c'est ce qui expliquait la langue métissée, monstrueusement hybride que balbutiaient ces pauvres gens.

Je sus également le nom charmant de ma salvatrice. Elle s'appelait «Petit-Phoque-Blanc» et, au cours de la nuit, dans ma maisonnette où elle avait tenu à me raccompagner, je pus constater de visu qu'il lui allait à merveille. En effet, comme je la remerciais pour la soirée que je venais de passer, croyant qu'elle allait s'en retourner à la tente familiale, elle se mit tout bonnement à se déshabiller, avec le plus grand naturel, comme une femme du monde aurait ôté son chapeau ou ses gants, puis me prit la main et m'entraîna vers mon lit. Et son corps, dans la lueur de ma lampe et les rayons de la pleine lune qui filtraient à travers ma petite fenêtre en peau translucide d'anguille, avait bel et bien la blancheur et la rondeur de ces bébés phoques immaculés que l'on appelle blanchons. Ses rotondités parfaites étaient vraiment les plus sensuelles que j'eusse vues de toute ma vie : le visage était grassouillet, le sein joliment sphérique, le bras potelé, le ventre légèrement rebondi, la cuisse charnue, la fesse pleine, le pied dodu... Il émanait de tout cet agréable embonpoint une impression de féminité à son comble, de bonheur terrestre et d'harmonie universelle, car ces formes replètes semblaient en accord avec celles mêmes du Cosmos, avec le cercle des jours et le cycle des saisons, avec le disque du soleil, avec la circonférence de la terre et de la lune, et leur éternel mouvement giratoire... Le gras de baleine, en fin de compte, n'était pas que dégoûtant; bien disposé aux endroits stratégiques, il pouvait même être fort appétissant!

Voyant mon étonnement, mon absence de réaction, Petit-Phoque éclata d'un rire plus pur que celui d'un enfant, montrant ses petites dents éclatantes et pointues, aiguisées par des années passées à mâcher des peaux de phoque pour en faire des habits. Puis, entre deux gloussements cristallins, elle me dit :

« Toé never couché with a girl? Toé pourceau? (Elle voulait sûrement dire puceau, mais elle était beaucoup plus proche de la vérité qu'elle ne le croyait!) Toé love petits garçonneaux? Femmes beaucoup plus funny, let me show you... Allons, don't be afraid... It's easy, the freezing little bird return dans son nid tout chaud... »

Contrairement à ce qu'elle semblait croire, je n'étais pas du tout paralysé, et je le lui prouvai sur-le-champ. Après être passé à deux doigts de me flamber la cervelle, je retrouvais dans l'acte sexuel, avec une frénésie sauvage, quasi animale, le plaisir de vivre intensément. La nuit fut longue et, malgré les détonations des clous de ma cabane qui pétaient au froid, très chaude, pour ne pas dire torride. Mon Esquimaude n'était pas un esquimau, si vous saisissez le jeu de mots. Au contraire, elle était bouillante et épicée comme une soupe antillaise. Si ce n'avait été de sa peau de neige, on aurait plutôt juré une de ces brûlantes mulâtresses de la Guadeloupe que j'avais bien connues dans mon ancienne vie de pirate. Ô mon Exquise-maude, mon Inuit inouïe!

Le lendemain matin, elle se leva la première pour aller remettre du bois dans le poêle, fit du thé très fort et me prépara un plus que copieux petit déjeuner constitué de larges steaks de phoque, de darnes de saumon et de grillades de lard fumé, toutes choses qu'elle-même, écœurée par cette immonde et barbare pratique de la cuisson des aliments professée par les Blancs, se contenta de dévorer crues. Assise en face de moi sur le lit, elle tenait la tête du saumon dans une main, une épaisse tranche de bacon dans l'autre et, avec férocité, les portait à sa bouche à tour de rôle tout en me parlant de la vie dans le Sud, de notre mariage prochain et de la multitude de petits morveux que nous aurions. Moi, adossé à mon oreiller, mon plateau à déjeuner (fait d'une omoplate de cachalot) sur les cuisses, j'étais fasciné à la fois par le bijou noir et rose que je pouvais contempler entre ses jambes écartées sans pudeur aucune, par ses petites dents très blanches qui arrachaient goulûment les morceaux de poisson et de lard, et par ses propos extravagants, d'un enthousiasme débordant, auxquels je ne m'étais pas le moins du monde attendu. Elle s'était imaginé, sans doute après avoir feuilleté un livre illustré, que le sud du pays, c'est-à-dire Québec et Mont-réal, était couvert de fleurs à longueur d'année, que nos vaches étaient des caribous domestiqués, nos poules des lagopèdes apprivoisés, et nos cochons des ours que nous rasions pour ne pas qu'ils aient trop chaud. Elle croyait dur comme fer qu'il s'agissait du Paradis perdu dont leur parlait le missionnaire jésuite, le Jardin d'où sortaient les quatre fleuves, qui étaient probablement pour elle le Saint-Laurent, l'Ottawa, l'Ohio et le Mississippi. Persuadée que nous y serions heureux au-delà de tout ce qui est possible, elle me pressait de l'épouser et de quitter cet emploi minable qui me rendait malade, elle le voyait bien, pour en trouver un meilleur en ville. En fait, en bonne Esquimaude qu'elle était, elle venait de me choisir pour être «son homme», et je me sentais comme une proie entre les pattes d'une bête affamée.

Je réussis cependant à la faire patienter tout l'hiver. Ses parents étaient repartis pour les hautes terres chasser le caribou et s'adonner au trappage comme à leur habitude en cette saison, et elle n'avait pas voulu les suivre, préférant rester à mes côtés pour s'occuper de moi, ce qu'elle faisait à merveille, avec toute l'ardeur et la passion qu'y met toujours une femme amoureuse. J'étais comme un coq en pâte, autrement dit, dorloté ainsi qu'un grand malade, câliné plus qu'un chat, pouponné mieux qu'un nourrisson, si bien que je finis par m'en fatiguer (on se lasse de tout, c'est bien vrai!) et j'étais prêt à faire n'importe quoi pour échapper à ses minouchages lorsque survint au village un événement extraordinaire. Une ourse polaire gigantesque, enragée par la perte de ses petits, selon toute apparence, car elle était seule mais trimbalait des mamelles rouges, pendantes et gonflées, surgit de derrière les dunes de neige et commença de tout mettre en pièces. D'abord les quelques huttes de bois, heureusement inhabitées à ce moment-là, construites par certains Esquimaux qui les préféraient, l'été, aux tentes de toile, et dont les planches volèrent de tous les côtés tels de simples fétus de paille, puis les hangars de la Hudson's Bay Company où étaient entreposées toutes sortes de marchandises qui ne firent pas long feu. Lorsque la bête s'avança ensuite vers ma bicoque, je fus pris d'une peur panique et me réfugiai tout au fond de celle-ci, me recroquevillai entre le lit et la commode, un fusil chargé dans mes mains tremblantes. Petit-Phoque-Blanc m'y rejoignit, affolée, frémissante elle aussi. Mes murs de pierre résistant beaucoup mieux que ceux en planches des autres cahutes, l'ourse se mit à rugir de frustration, si puissamment que mes os mêmes semblaient vibrer dans l'épaisseur de ma chair. Puis, soudain, une patte large comme trois fois ma main creva la fenêtre et vint me frôler le visage, à quelques centimètres du nez, tellement près en fait que le crochet noir d'une de ses griffes m'en égratigna le bout. Incapable de m'atteindre mais sentant l'odeur alléchante du sang frais, la monstrueuse créature entreprit de ronger le châssis de ses dents pareilles à des poignards d'ivoire, arrachant le bois par longues effilochures afin d'ouvrir un passage a son énorme masse.

Juste au moment où elle était sur le point d'y parvenir, Petit-Phoque-Blanc, pour me protéger, se jeta au devant d'elle ainsi qu'une prêtresse antique s'immolant pour son dieu, et la scène qui s'ensuivit fut une des plus horribles auxquelles j'eus à assister dans mon interminable vie... L'ourse, engloutissant une de ses cuisses dans ses puissantes mâchoires, emporta ma pauvre compagne sans la tuer, pour une raison que j'ignore, comme un chat le ferait avec une souris pour s'amuser. Petit-Phoque, par instinct sans doute, s'était figée, faisant la morte et luttant de toutes ses forces morales pour ne pas se mettre à hurler. Quant à moi, j'avais encore mon fusil mais je n'osais pas tirer de peur de blesser la proie plutôt que le fauve. Cependant, je m'élançai à leur suite après avoir enfilé mes bottes et mon anorak en vitesse.

Dans la toundra, j'avais été rapidement devancé, mais je n'avais eu qu'à suivre les grosses traces rondes imprimées sur les congères et la traînée de sang parallèle à celles-ci et, bien que dans ces landes désolées les points de repère soient en général aussi rares que des excréments de pape, je retrouvai assez vite l'horrible couple. Mon amie gisait au beau milieu de la banquise, sur une neige maculée de bariolures écarlates, tandis que l'ourse reprenait son souffle en ne la quittant pas du regard. Je visai son cœur et appuyai sur la détente mais, pour mon plus grand malheur, je n'atteignis que son épaule. Rendue encore plus furieuse par la douleur, elle chargea aussitôt et tout le reste se passa comme dans un de ces cauchemars où l'on a l'impression d'être englué dans un ralenti cinématographique : je m'efforçais de recharger mon fusil le plus vite possible tandis qu'elle fonçait dans ma direction, la gueule béante, les naseaux fumants, les yeux illuminés d'un effroyable feu noir... Le temps s'éternisait, chaque infernale seconde devenait une heure, la dernière de ma vie, intense au maximum, plus dense que la roche même... Le deuxième coup partit enfin, foudroyant le mastodonte qui fit un roulé-boulé et que je dus esquiver en me jetant sur le côté pour ne pas être écrapouti. Je me relevai subito presto et me précipitai vers Petit-Phoque, qui s'était évanouie. J'arrachai une de mes manches de chemise et en fis un garrot pour stopper l'hémorragie de sa cuisse profondément déchirée, puis la ramenai avec amour au poste, sur mon épaule, comme l'eût fait Brigitte Bardot avec un véritable blanchon...

La suite de cette aventure est beaucoup plus banale. Mes employeurs revinrent au printemps et, trouvant leurs installations dévastées, m'engueulèrent comme du poisson pourri, mais je les envoyai faire leurs gros besoins, et en anglais s'il vous plaît, histoire de leur montrer que j'étais capable de japper moi aussi. Les parents de Petit-Phoque également étaient de retour au village, et cette dernière leur expliqua qu'elle voulait partir avec moi, que ça lui faisait de la peine de les quitter mais qu'elle m'aimait plus que tout au monde, plus que les étoiles qui pétillent comme des diamants dans l'air limpide de la nuit polaire, plus que l'aube rose qui se répand à l'horizon sur les grands icebergs turquoise, plus que le soleil de minuit, là-bas, sur le toit du monde, et même plus que l'intestin de caribou trempé dans l'huile de baleineau... Comme elle m'avait sauvé la vie au péril de la sienne, dans un acte d'un courage et d'un détachement bouleversants, à cause duquel elle conserverait à jamais une longue et pas très jolie cicatrice à la cuisse gauche, je n'avais plus le cœur de l'abandonner et l'amenai dans ce Sud mythique dont elle rêvait tant depuis son enfance.

Je l'épousai sans problème, vu qu'elle était déjà catholique, et, à l'instar de mon père jadis, dont je suivais définitivement les traces, j'eus des rejetons à moitié esquimaux, au rond visage de lune souriante, quatre pour être plus précis, Mathieu, Marc, Luc et Jean, pour faire comme dans le Nouveau Testament, disait Petit-Phoque-Blanc.

Étant donné que j'avais perdu mon manoir et mes terres de l'île d'Orléans dans les circonstances que vous connaissez déjà (ah! non, peut-être ai-je oublié de vous dire que j'avais vendu jusqu'à la dernière parcelle de mes terres pour boire…), nous n'avions pas un sou vaillant et nous habitions une cabane en bois rond que j'avais construite de mes mains, quelque part dans la forêt entourant la petite ville des Trois-Rivières. De simples troncs de cyprès non équarris, assemblés pièce sur pièce, aux interstices calfeutrés avec de la mousse verte et de l'argile, un toit en écorce d'orme, un foyer en pierres de torrent, des lits rudimentaires aux matelas constitués d'une épaisse couche de ramilles de sapin, des bancs faits de billes de tremble coupées en deux sur la longueur et une table de même facture, voilà tout le bien que nous possédions, mais ces années de pauvreté relative furent parmi les plus belles de ma vie.

Je dis pauvreté relative parce qu'en réalité nous avions tout ce qu'il faut pour être heureux : une forêt ombreuse et parfumée pour nous protéger du soleil trop ardent l'été ou des vents trop glacés l'hiver, et qui était le plus merveilleux terrain de jeux pour des enfants, une source aux eaux fraîches et nettes pour nous désaltérer, un ruisseau gorgé de truites et des buissons grouillants de lièvres pour nous nourrir, des écureuils pour charmer nos yeux et des oiseaux pour délecter nos oreilles, de l'air pur, de l'espace, de la liberté, du temps… Oui, c'est surtout cela, nous étions riches de notre temps, et il n'y a pas plus grand trésor en ce bas monde. Nous y étions, au Paradis perdu qu'avait désiré Petit-Phoque-Blanc, mais ce n'était pas celui qu'elle avait pensé!

Oh! bien sûr, au début, elle avait souvent voulu se rendre à Québec ou à Montréal s'enivrer de mouvement, se griser de bruit, s'étourdir à la vue des robes et des chapeaux de ces grosses madames de la «Haute», des maisons en pierres de taille à plusieurs étages et des carrosses tirés par ces étranges orignaux sans ramure qu'étaient pour elle les chevaux, mais toujours elle revenait avec joie à notre humble demeure sous les arbres, qui était maintenant l'«igloo de son homme et de ses kids», comme elle disait souvent en riant de toutes ses petites dents plus blanches que les neiges du Labrador, les glaces des fjords arctiques et le dos des bélugas...

CHAPITRE IV

Où je deviens semblable à la bête, repousse les Américains
à Châteauguay, me retrouve tripède, mendiant, bûcheron,
puis maître queux et grand charmeur...

COMME DE RAISON, je survécus à cette quatrième épouse, qui me quitta pour un monde meilleur à l'âge de quarante-huit ans. Elle fut emportée par une indigestion aiguë de tartines de saindoux et de viande hachée, crue évidemment, une nuit qu'une fringale inexpliquée l'avait prise et tirée du lit. Mes quatre garçons, quant à eux, étaient partis chacun de leur côté depuis longtemps, et je restai encore quelques années dans la cabane où j'avais coulé des jours heureux, incapable de m'en détacher, prisonnier des souvenirs.

En fait, je me laissais aller une fois de plus, je buvais à m'en rendre malade une effroyable vinasse de pissenlit et même de la bagosse, c'est-à-dire une espèce de vodka de patate de fabrication clandestine que d'aucuns appelaient whisky blanc et qui, mélangée à n'importe quel vin rouge ordinaire ou mauvais porto, donnait le «caribou», un tord-boyaux capable d'assommer un mammouth. La maison n'était plus du tout entretenue et, plus souvent qu'autrement, c'était le chien qui lavait mes assiettes. Je ne me décrottais plus et dégageais une odeur de bête, si bien qu'un matin, en ouvrant les yeux, j'eus la surprise de ma vie en me retrouvant face à face avec un orignal. Celui-ci avait passé sa grosse tête chevaline par la fenêtre ouverte de ma chambre et me reniflait, croyant sans doute avoir affaire à l'un de ses congénères!

Peu de temps après cet événement, je me décidai enfin à abandonner cette habitation aux polatouches, tamias, campagnols et autres rongeurs des forêts québécoises. Quand je la revis par hasard, bien des années plus tard, des mousses, des lichens et même des épilobes et de petits buissons de saule poussaient sur le toit; un ours noir, peut-être un descendant de Pouf ou de Paf, me dis-je avec nostalgie, en avait fait sa tanière, et des hirondelles des granges y avaient collé leur nid de limon et d'herbe dans une encoignure du plafond. La source, coupée par le barrage de deux jeunes castors inexpérimentés, s'était transformée en étang bourbeux, et sur l'eau noire, quand je passai par là, glissa une longue couleuvre bigarrée, tandis qu'à la cime d'un pin un corbeau semblait se moquer de moi en lançant son grand rire rauque.

Bien des choses étaient arrivées au cours de mes longues années de bonheur tranquille au fond des bois. Pendant la guerre de l'Indépendance, aux États-Unis, plus du tiers des Américains avaient refusé de participer à la lutte contre l'Angleterre. Ils furent appelés «les loyalistes» et environ cinquante mille d'entre eux, persécutés dans leur nouveau pays, s'étaient réfugiés chez nous, provoquant un accrois-sement subit de la population anglophone. Afin de régler ce problème, l'Acte constitutionnel avait été voté au parlement de Londres en 1791, qui divisait le Canada en deux régions distinctes, le Bas-Canada, l'actuelle province de Québec, francophone, et le Haut-Canada, l'actuelle Ontario, anglophone. Puis, en 1812, les États-Unis avaient déclaré la guerre à l'Angleterre et par le fait même à leur colonie du Nouveau-Monde, dans la vallée du Saint-Laurent, c'est-à-dire nous.

Et c'est en plein là-dedans que je tombai quand je quittai mon ermitage forestier. À l'époque, je n'étais pas contre l'idée d'un Canada devenant l'un des états des États-Unis, mais je n'étais pas pour non plus. Pour moi, Américains, loyalistes, Britanniques, c'était toute la même pâte. Ces gens m'étaient indifférents, quand ils ne m'étaient pas carrément antipathiques. Ils n'étaient pas de ma race, ne parlaient pas ma langue, et par-dessus le marché mangeaient du porridge visqueux et d'affreux puddings gluants. Je me battis aux côtés des Anglais contre l'envahisseur américain Dieu sait pourquoi, par désœuvrement peut-être, pour me défouler, faire passer ma rage et mes frustrations, mais j'aurais très bien pu me retrouver dans l'autre camp, cela m'était égal. J'avais envie de fracasser n'importe quelle tête de Johnson, de Peterson ou de Wilson, quel que fût le bonnet qui l'eût coiffée, un point c'est tout.

En 1813, j'étais donc à Châteauguay, sous les ordres du colonel de Salaberry, parmi quelques centaines de voltigeurs canadiens-français tous aussi incapables que moi d'expliquer ce qu'ils foutaient là, mais pleins de bravoure, prêts à affronter, tel David devant Goliath, les sept mille hommes de Hampton.

Utilisant des ruses de «Sauvages», nous commençâmes par joncher d'arbres abattus le chemin que devait emprunter le bataillon ennemi; puis, retranchés derrière des barricades faites de ces mêmes abattis, nous les attendîmes de pied ferme. Que vous dire de ce combat si ce n'est que l'âge ne m'avait pas encore fait perdre mon «visou» et que je fis mouche presque à chaque coup. Tantôt ma balle faisait éclater un crâne ainsi qu'une simple coquille d'œuf, tantôt entrait dans les chairs comme dans du beurre, perforant un cœur ou un estomac, déchirant un foie ou un poumon, mais je m'efforçais de ne pas penser à ces détails macabres et préférais m'imaginer des soldats de plomb que le gamin que j'étais redevenu s'amusait à faire tomber en soufflant dans un tire-pois. Puis, tout à coup, ce fut à mon tour d'être touché. Une balle américaine rencontra mon genou droit, l'écrabouillant en mille miettes. La douleur de cette blessure fut si vive que je perdis presque aussitôt connaissance.

Après la bataille – que nous avions gagnée du reste, aussi invraisemblable que cela puisse paraître –, je fus transporté sur une civière et me retrouvai dans un lit de l'Hôtel-Dieu de Montréal, entre les mains des religieuses hospitalières. La plaie s'était infectée mais, avec mon système immunitaire hors du commun et ma prodigieuse capacité de rétablissement, je m'en tirai en deux ou trois semaines. Toutefois, ma rotule ne guérit jamais complètement, les os ne se ressoudèrent pas et je dus, à partir de ce jour-là, marcher à l'aide d'une canne, qui fut ma plus fidèle compagne pendant de fort nombreuses décennies.

Sur les autres fronts, nous avions aussi remporté la victoire. Un an plus tard environ, le traité de Gand mettait fin au conflit, et moi j'étais estropié à vie, claudiquant dans les rues de Montréal à la recherche d'un emploi. Parfois même je quêtais, et quelque bon Samaritain me faisait l'aumône d'une pièce qui me permettait d'acheter un quignon de pain et un verre de gros rouge ou de rhum bien chaud. Finalement, malgré ma patte folle, je réussis à me faire embaucher comme bûcheron, et cela grâce à ma carrure et à la force de mes biceps qui, selon mon employeur, compensaient ma légère infirmité.

Le chantier de coupe se trouvait au nord de la rivière Ottawa, au cœur d'une magnifique forêt de pins blancs et d'érables habitée par des centaines de chevreuils, de renards, de lynx et de ratons laveurs qui égayaient nos journées quand nous les apercevions, y mettaient un peu de grâce et de beauté. Nous en avions bien besoin car le travail était extrêmement dur. Nous étions logés dans de longues baraques plutôt malpropres et inconfortables, infestées de poux et de punaises, et nous nous levions avec le soleil, réveillés par le marmiton qui passait entre les rangées de couchettes superposées en tapant sur une casserole. Nous faisions nos ablutions matinales à l'eau froide, après avoir cassé la glace qui s'était formée durant la nuit sur les bassins, et il n'y avait rien de tel pour chasser rapidement les dernières bribes de sommeil collées à nos paupières! La nourriture était tout simplement exécrable, infecte, et notre petit-déjeuner consistait le plus souvent en soupane, une bouillie de maïs insipide ou d'avoine pleine de grumeaux, ou encore, de crêpes de sarrasin caout-chouteuses noyées dans la viscosité noire de la mélasse, que nous faisions descendre avec force tasses de thé brûlant.

Nous chaussions ensuite nos raquettes pour une marche plus ou moins longue en forêt, dans la neige épaisse et l'air glacial du petit matin d'un hiver au soleil pâlot, terne comme un œil crevé, puis, aussitôt arrivés sur les lieux de travail, nous nous attaquions à l'un des grands pins marqués du sceau de la compagnie par le contremaître, qui était évidemment anglais et que nous appelions «foreman». Nous étions toujours deux pour abattre un arbre, puisque le godendart, cette longue scie souple que nous utilisions à l'époque, ne pouvait être manié par un homme seul – c'était bien avant l'invention de la tronçonneuse et même de la sciotte! Il s'agissait d'une rude besogne, et nous nous retrouvions bientôt trempés comme une soupe malgré le froid ambiant, mais la sciure blonde qui s'accumulait au pied du conifère ressemblait à de la poudre d'or et sentait bon comme un parfum. Quand l'arbre commençait à canter, nous nous reculions en vitesse et, les mains en porte-voix, la poitrine gonflée, nous criions, pleins de fierté, bien fort pour êtres entendus de tous nos camarades, le mot anglais convenu :

«TIMBER!»

D'autres hommes alors s'approchaient pour l'ébrancher à coups de hache puis l'étêter. Après, il fallait recommencer, en abattre un autre, et encore un autre, ainsi de suite jusqu'à la brunante. Quand nous avions assez de billes, nous y attelions de puissants bœufs de trait qui les tiraient jusqu'à la rivière gelée. Elles étaient simplement déposées sur la glace et, au printemps, à la fonte des neiges, elles étaient emportées par la débâcle. Elles se rendaient à la scierie située à l'embouchure comme ça, en descendant le courant, parfois dravées, c'est-à-dire poussées de la rive par une équipe d'hommes qui maniaient de longues gaffes.

Or, un bon matin, un accident arriva sur le chantier, dans lequel je faillis bien laisser ma peau. Un arbre coupé par deux de mes compagnons se cassa net avant qu'ils eussent fini leur tâche et commença de tomber dans ma direction. Mon équipier me cria : «Attention!» et courut à toutes jambes se mettre à l'abri. En ce qui me concerne, à cause de mon genou démantibulé, je ne pus détaler aussi vite, et le pin gigantesque s'écrasa à deux ou trois pieds de moi. Des éclats de bois gros et effilés comme des poignards volèrent dans tous les sens et c'est un miracle si je ne fus pas transpercé. Par contre, le pauvre colley du *foreman*, qui le suivait partout, en reçut un dans l'œil, une éclisse projetée à la vitesse d'une balle de fusil et qui se fraya un chemin jusqu'au cerveau, le tuant sur le coup.

Une demi-heure plus tard, comme j'aidais mon patron à enterrer son fidèle ami au bord de la rivière, sous un grand saule ombreux, il me dit, dans un français presque impeccable mais avec un fort accent anglais :

«Noweil, c'ést toé qui pouwrait êtwre à son place pwrésentement. T'es un bon twravailleur, mé ze ne veux plous de toé su' ma chantier. À cause de cette zambe débouètée, tu wrisques ta vie à tous lés zouwres... Z'ai besoin d'un bon cook au bawraquement, celui que nousses avons ést un vré empoisonneur. Tu vâs le wremplacer, tu peux pâs êtwre piwre... O.K.?»

Voilà qui était bien... Après avoir fait moi-même le commerce du bois, après avoir été propriétaire de trois moulins à scie, je dois avouer que de me retrouver bûcheron avait été un dur coup pour mon ego. En devenant cuisinier, même dans ce trou perdu, j'avais l'impression de remonter, ne serait-ce qu'un tout petit peu, dans l'échelle sociale.

Pour sceller cette nouvelle entente, le *foreman*, en véritable gentleman, me fit pénétrer dans la bicoque qu'il se réservait et m'offrit un «drink». Au fait, il s'appelait John McCormick, et c'est à partir de ce jour-là que je commençai à faire une différence entre Anglais, Irlandais et Écossais. Comme son nom l'indique, McCormick était donc originaire des landes brumeuses de l'Écosse, et il me tendit un plein verre de ce qu'il tenait pour la meilleure boisson du monde, c'est-à-dire un scotch au subtil goût de céréales, de tourbe et de fumée.

«Bouvez! me lança-t-il impérativement. C'ést le nectar donné pawr nosses anciens dieux à nosses ancêtwres lés Gaëls pouwr lés fowrtifier face à leuwrs ennemis... C'ést l'eau pioure d'oune souwrce filtwrée pawr la bwruyère dés

Highlands, mêlée à l'owrge de notwre tewre maternelle et au feu dés divinités…»

Et, disant cela, il engloutit la liqueur dorée, fit cul sec aussi facilement que s'il se fût agi de thé glacé. Puis, il se mit à s'attrister pour son chien, comme si celui-ci eût été une véritable personne, et des larmes lui embuèrent les yeux.

«Poor Lize-Beth!… Mouwrir comme çâ, d'oune façon aussi stioupide!… Houit ans qu'elle était avec moé… Un vré berger écossais, oune chienne de mon tewre natale… Vous connaissez l'Écosse, Noweil? C'ést la plous beille pays doumonde… Dés collines d'émewraude, dés lochs de saphiwr, mé pâs comme icitte, pâs twrop d'arbwres… Dou vent, de l'howrison, de l'air fwrais pouwr wrespiwrer à l'aise… Pis dés moutons, plein de moutons, comme un ounivers à l'envewrs, comme dés nouages suwr la ciel vewrt dés landes…»

L'alcool le rendait lyrique, c'est le moins que l'on puisse dire, et mon poète siffla verre après verre jusqu'à ce qu'il s'assoupisse dans son fauteuil… Quant à moi, j'allai me familiariser avec mes nouvelles pénates, c'est-à-dire la cuisine du camp, désertée par l'ancien cuisinier qui avait été congédié.

Je ne trouvai pas grand-chose dans les armoires, mais ce n'était pas la première fois que cela m'arrivait. Quand les hommes revinrent du bois, j'avais fait des miracles avec presque rien et un petit festin les attendait : soupe aux choux, chiard de pommes de terre et de bœuf salé, pains mollets tout chauds, tarte à la farlouche…

Dans les semaines qui suivirent, j'allai à la chasse aux alentours afin de toujours avoir de la viande à offrir à mes convives. Avec un pipeau que je m'étais confectionné dans une tige de sureau, grâce aux notes mystérieuses apprises de mon arrière-grand-mère, mélodies ensorceleuses venues du fond des âges, je savais charmer et faire venir à moi chevreuils, lièvres, perdrix, tétras, porcs-épics… Nulle bête ne pouvait résister à l'appel de ma flûte enchantée, et ma table était mieux garnie que celle d'un prince. Cuissots de chevreuils rôtis, civets de lièvres, fricassées de gallinacés, brochettes de tourtes faisaient les délices des bûcherons affamés. De mois en mois, d'année en année, ma réputation de chasseur et de maître coq fit le tour du pays, à tel point que, bientôt, tout le monde voulut venir travailler pour John McCormick. J'étais au sommet de mon art et de ma gloire lorsque les troubles qui menèrent à la rébellion de 1837-38 commencèrent, et j'y fus mêlé de près, comme vous allez le voir…

CHAPITRE V

Où je sauve la vie d'un patriote de ma descendance
et deviens gibier de potence, m'exile dans les bayous,
commets un meurtre, histoire d'aggraver les choses,
joue gros jeu et gagne, m'achète un cabaret, épouse
une sirène et procrée un bon coup...

E N 1838, j'avais atteint l'âge inconcevable, normalement impossible mais pourtant véritable, je vous le jure, de cent quatre-vingt-deux ans, et mes descendants, dispersés dans tout le pays et même sur tout le continent, me croyaient mort depuis longtemps, pensant que j'étais disparu au cours de l'un de mes innombrables voyages ou lors d'une des multiples batailles auxquelles j'avais pris part. Moi-même, je les avais perdus de vue, sauf quelques-uns. Justement, l'un d'entre eux, parmi mes arrière-arrière-arrière-et-caetera-petits-fils, issu de Joseph, septième enfant que j'avais eu avec Aurore Delorme, faisait la manchette de toutes les gazettes depuis quelque temps pour avoir participé à la rébellion de ceux que l'on désignait sous le nom de «patriotes», et était activement recherché par la milice. Il s'appelait Bertrand Chênevert et je savais où il se terrait, car c'était, par un curieux hasard, à quelques milles du chantier où je travaillais et la nouvelle, qui circulait parmi les bûcherons, était parvenue à mes oreilles toujours très grandes ouvertes.

Je ne savais que penser de toute cette histoire de révolutionnaires... Plus ça change, plus c'est la même chose,

135

comme disait l'autre, et à l'époque, les Canadiens français se plaignaient déjà de ne pas avoir assez de pouvoir au Parlement, d'être écrasés par les Canadiens anglais, beaucoup plus nombreux, qui tenaient le gros bout du bâton. Certains s'étaient révoltés, avaient pris les armes, mais l'insurrection avait été très rapidement réprimée dans un bain d'hémoglobine. Quoi qu'il en fût, quelqu'un de ma lignée, de mon sang, se trouvait dans de graves difficultés, et je me devais de l'en sortir.

Arrivé à sa cachette, un simple trou dans l'humus, en forêt, recouvert de branches d'épinette, je le tirai de là et lui fis croire que j'étais un patriote moi aussi, ce qui n'était pas vraiment une menterie car j'étais de tout cœur avec ces braves. Je lui fis aussi comprendre que l'hiver et la première bordée de neige seraient là dans quelques jours et qu'il ne pouvait rester dans cette tanière de renard, où il mourrait de froid.

Comme j'étais en train de lui serrer la main, une balle siffla à nos oreilles. Des soldats anglais venaient eux aussi de découvrir mon protégé et nous tiraient dessus. Puis, ce fut une assourdissante pétarade : des branches cassaient tout autour de nous, de petites gerbes de terre explosaient à nos pieds… Nous plongeâmes dans les buissons, nous roulâmes dans les fougères, puis nous mîmes à courir droit devant nous, aveuglément. Nous fûmes bientôt acculés à une falaise surplombant une rivière tumultueuse. Les balles nous rasaient toujours les cheveux, et il ne nous restait plus d'autre choix que de nous jeter en bas, dans la masse liquide, grondante et blanche d'écume.

Trente pieds plus bas, le choc fut rude, nous assommant presque, mais le courant nous emporta rapidement hors de portée des fusils anglo-saxons. Je récupérai ma canne au passage, de même que le jeune Bertrand, qui ne semblait pas savoir beaucoup nager. Je l'agrippai par le collet et le remorquai jusqu'à la rive, dans un coude de la rivière où l'eau était plus calme. Il cracha quelques tasses de H_2O de même qu'un vairon, toussa un bon coup, puis me remercia chaleureusement.

Maintenant, je ne pouvais plus reculer. J'étais lié à mon compagnon aussi bien qu'avec des menottes, complice de ce qu'il avait fait, et il nous fallait tous les deux sauver notre peau. Je ne vous conterai pas les longs jours de marche en forêt, la difficulté de s'embarquer sur un navire, les déguisements que nous avons dû élaborer – perruques, moustaches et tout le bataclan – de même que les mensonges que nous avons dû commettre, mais toujours est-il que nous nous retrouvâmes après quelques semaines en Louisiane, au plus profond des bayous. Cette dernière, occupée au nom de la France par Cavelier de La Salle en 1682, baptisée de ce nom en l'honneur de Louis XIV et patrie de feu mon épouse répudiée, Isabelle de La Fresnaye, avait été cédée par Napoléon aux États-Unis en 1803, mais de nombreux descendants des Acadiens, jadis déportés en ces lieux, l'habitaient encore à l'époque, et ce furent eux qui nous hébergèrent tout d'abord, fort contents d'apprendre que nous étions ennemis des Anglais et que nous les fuyions pour ne pas être pendus… En fait, nous fûmes accueillis en véritables héros.

Bertrand s'adapta rapidement à cette région, épousa une jolie jeune fille «cajun» à l'accent très bandant et commença tout de go à fonder une petite famille. Moi, par contre, j'avais un peu de mal à m'habituer aux miasmes putrides de ces marécages en perpétuelle fermentation et je vivotais. Je m'étais construit une maisonnette de planches sur pilotis, comme faisaient et font encore les gens de cette contrée, et je me nourrissais de perches et de poissons-chats, d'écrevisses et de cuisses de grenouilles, de tortues et de cerfs des marais. Le «moonshine», sorte de bagosse du lieu, m'aidait à supporter le climat, et j'étais, telle une éponge oubliée au fond d'une baignoire, imbibé du matin au soir tout autant des vapeurs de la «swamp» grouillante de microbes propagateurs de fièvre que d'alcool à 70° minimum.

Le paysage et la faune, pour un Québécois, étaient extrêmement étranges, pour ne pas dire franchement cauchemardesques à certains égards : méandres et bras secondaires du Mississippi aux ondes stagnantes et crou-pies, noires comme de l'encre, grands arbres pleureurs aux branches tombant jusque dans l'eau, cris énigmatiques d'oiseaux invisibles dans les hautes frondaisons, serpents aquatiques venimeux, opossums fantomatiques dans les brumes du petit matin et monstrueux alligators... Je me sentais souvent mal à mon aise dans ce décor pour roman d'horreur, et les légendes que mes voisins me racontaient le soir à la veillée, les histoires de loups-garous et de démons, me donnaient parfois la chair de poule, moi qui avais affronté Lucifer en personne!

Heureusement, je trouvai un jour l'amour sur mon chemin, ou plutôt sur mon bout de rivière, sous ma pirogue. Une fille se baignait là, toute nue, et je crus tout d'abord, vu la bizarrerie du pays, qu'il s'agissait peut-être d'une sorte de naïade ou de sirène. Ses cheveux ondulaient derrière elle telles des algues et ses mouvements, ralentis par la résistance de l'eau, étaient gracieux à l'extrême. J'étais fasciné par ses formes blanches et ondoyantes qui contrastaient vivement avec la noirceur liquide qui l'englobait, pareilles à un rêve sortant peu à peu de la nuit pour se concrétiser; je ne pouvais en détacher mes regards, qui se faisaient de plus en plus concupiscents. Décidément, Isabelle, puis cette femme… Les marais de la Louisiane, parmi leur foisonnement de choses horrifiques, accouchaient aussi parfois de beautés rares, comme la resplendissante fleur de lotus sur l'étang bourbeux!

Lorsqu'elle se hissa sur un îlot de mousse flottante et ballottante, telle une libellule irisée sur sa feuille de nénuphar, elle m'aperçut enfin et cria sa surprise tout en ayant le réflexe adorablement naïf de se cacher les seins dans la coupe de ses paumes. Pourtant, tout effrayée qu'elle fût sur le moment, elle me fixait avec des yeux qui ne trompent pas, agrandis, lumineux, et je compris aussitôt qu'elle venait d'être frappée par le même coup de foudre que moi.

Les jours et les mois qui suivirent cette première rencontre furent parmi les plus chauds, les plus érotiques de toute ma vie. Probablement était-ce parce que Françoise Delaulnaie (en effet, ainsi s'appelait mon apparition aquatique) avait pris mari quelques années auparavant et que notre aventure amoureuse avait par le fait même une émoustillante saveur aigre-douce de fruit défendu, mais toujours est-il que nos étreintes secrètes, cachées par les saules et les roseaux du bayou, étaient tout bonnement torrides. On aurait pu faire frire des œufs sur nos ventres brûlants, sans exagération aucune. Je me souviendrai toujours de l'odeur de sa peau, qui était différente d'un endroit du corps à l'autre. En fait, elle avait carrément plusieurs senteurs distinctes, plus fortes aux endroits plus chauds. Les genoux et les fesses étaient les plus parfumés, de même que le cou et le pli intérieur du bras, qui dégageaient des arômes de pâtisserie en train de cuire et d'épices. Des joues, des épaules et du dos émanaient plutôt des fragrances plus légères et fraîches d'herbe et de fleurs.

Nous étions fous l'un de l'autre, complètement accros, romantiquement épris. Françoise n'avait pas fait un mariage d'amour, mais un mariage forcé parce qu'elle avait été engrossée par cet homme à qui elle avait cédé, un soir de fête beaucoup trop arrosé de vin. Elle le regrettait amèrement, mais il était trop tard à présent. Nous prenions parfois des risques insensés en nous enlaçant juste sous ses fenêtres, à quelques pas du mari cocufié qui aurait pu nous surprendre et nous abattre comme des chiens, car c'était un authentique paranoïaque, plus jaloux qu'un tigre, qui se promenait toujours un fusil chargé à bloc sous le bras. Comme je suis de ceux qui croient que leur destin est écrit quelque part et qu'ils ne peuvent s'y soustraire, ce qui devait arriver arriva, ainsi que je le dis toujours, et un bon soir l'animal nous tomba dessus. Heureusement, par un exceptionnel hasard, il n'avait pas sa pétoire, ce qui me sauva la vie et lui coûta la sienne. En effet, dans la violente bagarre qui s'engagea, après avoir encaissé moi-même plusieurs bonnes taloches qui m'avaient enragé, je lui assenai entre les deux yeux un coup de poing dont j'avais mal calculé la puissance. J'entendis un effroyable craquement d'os et mon adversaire s'écroula comme un bœuf sous le choc de la masse : il ne se releva jamais.

Par la faute de ce malencontreux accident, tout était désormais foutu pour ma dulcinée et moi. Elle ne voulait ni ne pouvait s'enfuir à mes côtés à cause de ses trois enfants, dont un était encore en bas âge. On aurait pu enterrer le corps de cet abruti et tenter de faire croire qu'il avait abandonné sa famille, qu'il était parti «courir la galipote au diable vauvert», mais, amoureux et jaloux comme il l'était, personne n'aurait voulu gober cette histoire. On aurait pu l'abandonner là et laisser supposer un assassinat, mais la police aurait enquêté et risqué alors de remonter jusqu'à moi, qui étais déjà recherché, par les autorités de Sa Majesté Britannique par-dessus le marché… Non, les carottes étaient cuites, j'avais fait patate et je me sentais plus con qu'un navet. Pour comble de malchance, je n'avais pas un radis, et c'est Françoise qui me dépanna en glissant quelques pièces dans ma poche. Elle m'embrassa une dernière fois avec toute la passion et toute la fougue dont elle était habitée, les larmes aux yeux, et me supplia de courir de façon à ce que je fusse déjà très loin au petit matin.

Le lendemain, après avoir parcouru plusieurs kilomètres en pirogue dans le bayou nocturne où je m'imaginais voir (mais était-ce vraiment mon imagination?) le spectre menaçant de ma victime derrière chaque arbre immergé, je m'embarquai sur un bateau à vapeur qui descendait le Mississippi. Ce bateau était bondé de cow-boys du Wild West venus faire la nouba et dépenser leur argent avec les petites «Frenchwomen», danseuses de cancan à la cuisse tout aussi légère dans la loge que sur scène. Trois ou quatre d'entre eux, installés à une petite table couverte de verres de bourbon, jouaient leurs dollars au poker. Je vis là l'occasion, soit de me remplumer très rapidement, soit de perdre les rares sous que je possédais, mais le risque était trop beau, trop tentant pour que j'y résiste longtemps.

Les hommes avec lesquels je m'étais attablé avaient tous des mines patibulaires, des tronches de truands, de tueurs ou de dégénérés, et je regrettai soudain mon impulsion, mais il était trop tard, le jeu était trop avancé pour que je puisse retirer mes billes sans risquer ma peau. Cependant, ma bonne étoile était avec moi ce jour-là, et je me mis à gagner coup sur coup. L'argent s'amoncelait devant moi, tandis que les visages de mes compagnons de jeu tombaient progressivement, de façon inversement proportionnelle. Quand je remportai finalement le jackpot, empochant billets verts et pièces d'or, ils se fâchèrent et l'un d'eux cria au tricheur, tandis qu'un autre dégaina son colt et me mit en joue. Dans un éclair, j'agrippai le bord de la table et projetai celle-ci en l'air, à la face du gorille qui me visait, ce qui fit dévier la balle qui m'était destinée. Presque dans le même mouvement, je m'élançai hors de l'espèce de saloon flottant où je me trouvais et plongeai dans le fleuve et dans la nuit, évitant de justesse une des grandes roues à aubes du bateau, qui m'aurait sûrement broyé les os si j'étais tombé dans ses pales.

Alourdi par les pièces de monnaie qui gonflaient mes poches, je dus fournir un effort considérable pour ne pas être entraîné au fond des eaux noires et tourbillonnantes. Le courant cependant me porta un peu, m'aidant malgré tout à m'en tirer. J'étais dans le port de la Nouvelle-Orléans, et ses lumières s'étalaient sous mon nez, en lueurs mouvantes sur les vagues d'encre. Avec mon magot, j'achetai quelques semaines plus tard un bistrot dans cette ville magnifiquement vivante, qui me plaisait au plus haut point avec son petit côté européen, et fis venir Françoise, ses trois enfants et le quatrième, de moi, qui était en marche sans qu'elle le sache. Je l'épousai et nous vécûmes dix-sept belles années de bonheur.

En plus du polichinelle qu'elle avait déjà dans le tiroir à son arrivée, un garçon que nous baptisâmes André, elle me donna quatre autres fils, Robert, Benoît, Julien et

Denys, de même que deux filles, Johanne et Suzie. Elle me quitta en 1855, à l'âge de quarante-deux ans, terrassée par un infarctus du myocarde, car elle avait pris beaucoup de poids avec le temps, abusé de la bonne bouffe cajun et des petits verres de bourbon, qu'elle buvait pour m'accompagner, avait-elle toujours dit avec autant d'humour que d'amour. L'année suivante, j'eus deux cents ans, mais ça, c'est une autre partie du livre à entreprendre…

TROISIÈME CENTENAIRE

CHAPITRE PREMIER

Où je mets le cap sur une contrée mythique avec trois de mes
enfants, soustrais un esclave au supplice du fouet et commets
mon deuxième homicide involontaire, échappe de justesse
à la pendaison, me fais cow-boy puis orpailleur, tâte
de l'opium et combats aux côtés de Géronimo…

EN CETTE FIN D'ANNÉE 1856, bien plus que mes deux cents ans, c'était la mort de Françoise qui me pesait. Je la revoyais près du poêle, occupée à préparer avec amour sa célèbre paella aux crevettes et au jambon ou encore ses fayots fortement épicés et pimentés qui me mettaient le feu au ventre et à tout le reste, à tel point que la soirée se terminait inévitablement au lit avant l'heure; je croyais l'apercevoir derrière le comptoir de notre petit saloon, en train de laver des verres ou de servir les clients, sa poitrine plus que généreuse jaillissant presque du décolleté à chaque fois qu'elle se penchait; je l'imaginais dans notre chambre à coucher, devant le miroir de sa coiffeuse, débordante de chair comme un modèle de Renoir, se fardant et se maquillant pour se rendre plus désirable…

Je la voyais partout en fait, et à tout moment, si bien que j'en devenais fou et que je dus me débarrasser de cette maison. Je revendis donc mon établissement et les appartements attenants, beaucoup plus cher que je les avais payés à l'époque d'ailleurs, réalisant un somptueux profit. Nous avions des chambres à l'étage réservées aux péripatéticiennes, comme on dit poliment, car j'étais légèrement proxénète avec ça – il fallait bien vivre, et le whisky ou la bière ne suffisaient pas toujours à remplir la caisse, surtout qu'il y avait des pertes à cause des bagarres où tout volait régulièrement en miettes –, et je fis promettre à l'acheteur que ces filles, que j'aimais comme les miennes et couvrais de mes bontés, conserveraient leur emploi. L'une d'entre elles, Carmen, m'était particulièrement attachée, car elle avait été secrètement ma maîtresse pendant près de cinq ans, les soirs où Françoise était indisposée. Pour ne pas me montrer ingrat, je lui laissai cinq cents dollars, ce qui constituait une énorme somme à l'époque, plus une caisse de vin de Malaga, celui qu'elle adorait et qui lui rappelait le pays de ses lointains ancêtres.

Lorsque je quittai la Nouvelle-Orléans, les trois enfants que Françoise avait eus de son premier époux, qui avaient respectivement vingt-deux, vingt et dix-neuf ans, étaient déjà mariés et installés. Sur les sept que moi-même je lui avais faits, les deux plus âgés se trouvaient dans la même situation, soit André et Robert. Johanne, malgré tous mes efforts pour l'en dissuader, venait de prendre le voile, elle qui s'était toujours scandalisée du genre de vie que menaient ses parents. Il me restait donc Benoît, quatorze ans, Suzie, treize, Julien, dix, et Denys, à peine six ans.

Nous traversâmes le golfe du Mexique sur un bateau à vapeur semblable à celui qui, une vingtaine d'années auparavant, avait failli me coûter la vie mais me l'avait finalement sauvée, chargés de très peu de bagages, car j'avais insisté pour que nous n'emportions que l'essentiel, et débarquâmes au Texas par une belle matinée ensoleillée, mollement embaumée de sirupeux effluves floraux.

Le sud de ce tout jeune État, chaud, humide, était particulièrement édénique, mais ce n'était pas à ce Texas-là auquel mon cœur aspirait. Je rêvais de grands espaces vides et rudes, de déserts de sable brûlants, de buissons desséchés, de cactus bardés d'épines, de scorpions et de serpents à sonnettes, de ces pays rouges comme fournaise que m'avaient narrés des aventuriers ivres aux yeux d'hallucinés, dans des histoires dramatisées par l'effet de la boisson, quand je les servais derrière le comptoir de mon bar. Je voulais me chauffer à des soleils infernaux, me tanner le cuir aux quatre vents de la désolation sans borne, m'encanailler plus que jamais en devenant peut-être pilleur de banques ou voleur de chevaux et fuir me cacher avec mes enfants dans les dédales des grands canyons incandescents.

Les choses ne se passèrent toutefois pas de façon aussi romanesque. En effet, je commençai plutôt par faire une gaffe monumentale, qui eut des répercussions telles que je faillis être pendu, mais non pas pour un audacieux vol de banque. Je commis simplement l'impair de prendre la défense d'un malheureux ouvrier de race noire que son maître, en pleine grand-rue, au vu et au su de tous les passants, rossait comme on ne l'aurait même pas fait pour le plus têtu des mulets. Les coups de cravache pleuvaient sur le dos brun maintenant zébré d'écarlate du pauvre homme qui hurlait et suppliait à genoux son bourreau de cesser, et de petits fragments de chair volaient horriblement dans la lumière, avec les gerbes de sang. Suzie, qui me tenait le bras, s'était mise à sangloter bruyamment, tandis que Denys, à mes côtés, m'implorait d'aller au secours du fustigé. Le tortionnaire était un vieillard, bien habillé, certes, tout vêtu de blanc, portant un grand chapeau immaculé, ce qui le rajeunissait quelque peu, mais un vieillard quand même, et j'éprouvai une certaine difficulté à me débarrasser du sentiment de respect mal placé que m'imposaient malgré tout son grand âge et des vêtements si élégants. Je me décidai pourtant après une légère hésitation, m'avançai vers lui à grandes enjambées et le jetai à terre d'une violente poussée, dans la boue de la rue encore détrempée par l'ondée de la nuit précédente, lui arrachant par la même occasion la cravache des mains. S'il avait eu à ce moment-là, comme on dit, des pistolets à la place des yeux, j'aurais eu le visage réduit en bouillie par les balles. Une fois remis de sa surprise, il cracha plus qu'il ne parla, et me lança :

«Mais qu'est-ce qui vous prend, nom de Dieu? Vous ne voyez donc pas que c'est un nègre? Ah! je viens de piger… Vous êtes un de ces foutus nordistes sentimentaux, hein? Vous croyez que ces animaux ont une âme et tout le bataclan… Vous méritez une bonne leçon vous aussi, je pense!»

Et, disant cela, il cessa de brosser du revers de la main son beau pantalon crème et dégaina brusquement un colt d'argent à la crosse de nacre, qui jetait dans le soleil des reflets aveuglants. Il commença de tirer tout autour de mes pieds pour me faire danser, mais n'y réussit pas. Je restai plus impassible qu'une statue, car je n'ignorais pas que ma dignité, aux yeux de la foule maintenant attroupée, en dépendait. Quand il eut vidé son barillet, il ne savait plus que faire et me lança son arme à la tête, mais je l'esquivai adroitement. Cependant, elle atteignit Julien en plein front, et il se mit à saigner. Il n'en fallait pas plus pour que je perde tout contrôle de moi-même. Je sautai à la gorge de l'immonde vieillard et entrepris de le secouer comme un vulgaire prunier. Le résultat ne se fit malheureusement pas attendre. Sa face congestionnée devint d'abord rouge, ensuite violette puis bleue, je crois, mais peut-être pas dans l'ordre, et finalement cet enfoiré de cochon eut le culot de me faire une splendide crise cardiaque, avec râles, ronflements, spasmes et autres convulsions, me crevant littéralement dans les bras, ce qui me surprit autant que lui et qui était extrêmement fâcheux.

Il ne me restait qu'à décamper au plus tôt, car la foule était devenue hostile, ce que je fis après avoir jeté Julien sur mon dos, tandis que mes autres enfants suivaient tant bien que mal. Lorsque je m'arrêtai, quelques secondes plus tard, pour attendre Benoît qui venait de se fouler la cheville, je vis le Noir, que j'avais sauvé et qui nous filait le train, empoigner l'enfant et le hisser sur son épaule, comme je l'avais fait pour Julien. Il me sourit de toutes ses resplendissantes dents blanches et me fit signe de m'enfoncer dans les bois, par un petit sentier à peine visible qu'il semblait connaître. Après peut-être une heure de marche pénible et suffocante dans une sorte de jungle épaisse et chaude comme une serre, nous débouchâmes enfin sur un campement improvisé, bien camouflé dans les palmes et les larges fougères. Il y avait là des hommes, des femmes, des gamins, mais ils étaient tous aussi noirs que du chocolat. En me voyant surgir des fourrés, avec mon visage blême et mes yeux clairs, ils prirent soudain peur, mais l'arrivée, aussitôt après, de mon compagnon de couleur les rassura et ils se précipitèrent pour nous porter assistance. Les femmes nous enlevèrent les enfants blessés et commencèrent sans attendre à les soigner tandis qu'une vieille grand-mère aux cheveux de neige donnait à boire aux deux autres. Deux jeunes filles s'occupèrent de mon nouveau copain et de moi. L'une d'elles appliqua des feuilles mâchées sur le dos atrocement déchiré du pauvre homme, pendant que la plus jolie, une adolescente mignonne comme tout, épongeait mon front en sueur et lavait mon visage avec une douceur infinie, comme l'avait fait Marie-Madeleine pour la sainte face de Notre-Seigneur Jésus-Christ lui-même.

Nous étions en fait dans un camp temporaire d'esclaves en fuite. Tous ces gens avaient réussi à échapper à leurs maîtres, grands propriétaires de plantations de coton en général, qui avaient trouvé en eux une main-d'œuvre à bon marché, qu'ils nourrissaient à peine, logeaient dans des baraques, pouvaient fouetter tant qu'ils voulaient et faire travailler dix-huit heures par jour. Ces monstres avaient droit de vie ou de mort sur leurs bêtes de somme humaines, et droit de cuissage sur les jeunes filles pubères, je le savais pour avoir eu connaissance de toutes ces épouvantables choses en Louisiane, mais c'était la première fois que j'y étais vraiment confronté.

Ma petite adolescente s'appelait Sylvia et elle était orpheline. Quant à celui que j'avais arraché aux griffes du vieux rapace, il se nommait Charlie. Tous les deux devinrent bientôt mes meilleurs amis. Lorsqu'une bande de cavaliers découvrit notre cachette et sema la mort à coups de Winchester, eux seuls échappèrent au massacre avec mes enfants et moi, parce que nous étions tous en train de discuter un peu à l'écart du campement, près d'un ruisseau dont les roseaux nous camouflèrent aux yeux des assassins. Sous nos regards horrifiés, nous virent ces derniers installer des gibets de fortune aux branches des plus gros arbres et pendre les survivants, mais nous ne pouvions rien faire car nous n'étions pas armés.

Après ce carnage, il ne nous restait plus qu'à enterrer nos morts et à trouver un moyen de sortir sans danger de cette forêt. C'est alors que j'eus l'idée géniale de me faire passer pour l'un de ces salauds de planteurs. Il me suffisait d'aller dans une autre ville, où je n'étais pas encore connu, d'acheter les vêtements qui conviendraient à la situation et une grande calèche qui contiendrait nos valises, les enfants, ainsi que Charlie et Sylvia, qui joueraient le rôle de mes esclaves. Aux curieux, je n'aurais qu'à dire que je me rendais visiter ma sœur malade à Détroit ou à Chicago, quelque chose comme ça, et de cette façon nous pourrions traverser en territoire nordiste, où mes deux amis seraient enfin libres.

Je mis donc mon plan à exécution et dépensai une partie de mon petit magot pour faire l'acquisition de deux bons chevaux, d'une solide calèche, de vêtements de circonstance pour moi et mes enfants, de deux colts, d'une Winchester et de quelques provisions de base. Je revins chercher mes deux fugitifs et nous partîmes. Après ce dédale de plantations, de petites villes et de villages qui nous encerclait, il y aurait bien un train quelque part pour nous amener à plus vive allure vers le Nord salvateur.

Nous ne vîmes pas ce fameux désert dont j'avais tant rêvé car il se trouvait au sud-ouest de la région que nous devions traverser. Nous longeâmes la rive ouest du Mississippi et parcourûmes une étrange et magnifique contrée sauvage qui n'était ni plus ni moins qu'un vaste océan d'herbes. Celles-ci atteignaient parfois quatre mètres de haut, et de loin, du sommet d'une colline, les vents continus qui les agitaient donnaient vraiment l'impression d'une mer houleuse. Ces terres argileuses et fertiles grouillaient de wapitis, d'antilopes américaines, de cerfs mulets, de loups, de coyotes, de grizzlis redoutables et des dernières hordes majestueuses de bisons, celles qui avaient échappé aux tueurs comme Buffalo Bill, engagés par les compagnies ferroviaires pour exterminer par milliers, voire par millions, ces pauvres bêtes dont le seul crime était d'obstruer parfois les voies ferrées quand elles migraient en troupeaux trop nombreux.

Passé cet océan de verdure, nous prîmes de fait l'un de ces trains, après avoir vendu les chevaux et la voiture, et nous débarquâmes un bon matin en plein cœur de Chicago. Au cours du voyage, j'avais fait plus ample connaissance avec Sylvia, si vous voyez ce que je veux dire, et nous emménageâmes dans le même logement. Quant à Charlie, grâce à sa taille et à sa force exceptionnelles, il se trouva facilement un emploi de manutentionnaire.

Bien que le Nord fût officiellement anti-esclavagiste, plusieurs de nos voisins n'auraient pas vu d'un bon œil mon union avec une fille de race noire, c'est pourquoi, comme Sylvia s'occupait des enfants, je la faisais passer pour ma bonne. Elle se révéla une amante extraordinaire, exigeante, certes, mais qui donnait tout autant en retour, sinon plus. Les mois passèrent et elle me gratifia de deux jumeaux mâles café au lait, beaux comme la brunante d'été, qui firent un peu jaser les commères mais pas trop finalement. Puis, mon incurable bougeotte me reprit et, de toute façon, il fallait bien que j'aille chercher de l'argent quelque part.

Je retournai vers ce Far West que je n'avais pas eu le temps de visiter à mon gré, et là je m'en mis plein la lampe. Je travaillai d'abord à la pose de traverses de chemin de fer, tâche exténuante s'il en est une. Je n'attendis pas de m'y rompre les reins, et laissai plutôt ces malheureux Chinois, tout frêles et tout chétifs, engagés pour presque rien par les innommables capitalistes du rail, se crever à l'ouvrage. Je me fis ensuite cow-boy pendant quelques mois et me montrai si habile au lasso que je suis encore une légende là-bas. On m'appelait parfois Noah, déformation de Noël, que les Américains étaient incapables de prononcer correctement, parfois *The Frenchman* ou simplement *Frenchie*, et ma réputation me précédait partout où j'allais. Mais un jour j'en eus assez de l'odeur des vaches et de la bouse, de la poussière plein les yeux, des éternels haricots au bacon, du jus de chaussette, et des virées dans les saloons pour brûler le peu d'argent que je n'avais pas envoyé à ma famille, et je voulus devenir chercheur d'or. Oh, ce n'était pas la fièvre de l'or comme pour certains, qui étaient véritablement pris de folie et vendaient tout pour aller chercher fortune au Colorado ou au fin fond du Yukon! Non, j'avais juste le goût, trop romantique peut-être, de me retrouver seul dans les espaces sauvages, à tamiser le sable d'une belle rivière limpide en quête de quelques paillettes ou pépites du précieux métal, qui m'auraient permis de faire vivre ma famille sans trop d'effort et de rester libre, sans patron sur le dos, sans horaire de travail, sans personne pour m'empêcher de rêvasser tout à mon aise.

Je passai une des plus merveilleuses années de ma vie à chasser la caille et le lapin, à pêcher la truite et le saumon… et à un petit peu chercher de l'or. Au hasard de mes pérégrinations dans les montagnes, je finis par découvrir une pépite de taille respectable, et me retrouvai à San Francisco en train de dilapider les quelques centaines de dollars qu'elle m'avait rapportés. Je commençai d'abord par faire la tournée des grands-ducs et me soûler effroyablement, puis je continuai la fête dans le Chinatown avec une jolie petite Chinoise à peine pubère, dans une espèce de bordel qui se révéla être en fait une fumerie d'opium. Je me laissai tenter par l'expérience et fumai pipe après pipe, deux ou trois semaines d'affilée, je ne sais plus. Ce fut une longue rêverie presque ininterrompue où je revis, souvent embellis, certains événements de mon interminable vie. Ma jolie Cantonaise engloutissait les volutes bleues autant que moi, et nous passâmes des heures couchés sur la même paillasse, côte à côte et la main dans la main, à rêver nos rêves parallèles sans même faire l'amour une seule fois… Ça, c'était le comble du romantisme, et bien des femmes de l'époque auraient été jalouses de notre étrange relation platonique!

De temps en temps, cette admirable compagne ouvrait ses minces mais profonds yeux noirs, me fixait avec intensité et disait infailliblement, comme si c'était chaque fois la première :

«Continuons de legalder à l'intélieul, mon amoul, le voyage n'est pas encole telminé…»

Je la quittai, à regret, quand je n'eus plus un sou, reprenant la route après ce qui n'avait été qu'un très bref intermède de calme et de paix dans mon existence agitée, intermède qui m'avait toutefois donné un avant-goût des délices d'une félicité mystique que je savourerais pleinement bien des années plus tard, dans de toutes autres circonstances, mais je vous conterai cela en temps et lieu.

Dans le sud-ouest du pays, je vis enfin ces régions torrides que j'avais imaginées beaucoup plus belles qu'elles ne l'étaient en réalité. Québécois habitué aux forêts aussi touffues qu'immenses et à l'omniprésence de l'eau, je ne supportai pas longtemps cette surdose d'horizon et cette sécheresse désespérante. Comme je cheminais vers le nord pour fuir au plus vite cet endroit maudit, je fus capturé par une bande de guerriers apaches qui renoncèrent à contrecœur au projet de me scalper lorsque je leur expliquai que j'étais un Canadien à moitié indien, descendant d'une puissante sorcière huronne qui pourrait bien leur jeter un sort par-delà le séjour des morts si jamais ils osaient toucher un seul cheveu de ma tête. Ils me conduisirent à leur chef, qui n'était autre que le célèbre Géronimo en personne. Ce dernier s'apprêtait à lancer un raid contre les soldats mexicains qui, un an plus tôt, avaient massacré sa mère, sa femme et ses trois enfants, toute sa famille en somme. Son histoire était si triste, si touchante, et sa haine si justifiée, que j'acceptai de l'épauler quand il me demanda mon secours pour assouvir sa soif de vengeance. Je voulus bien, comme il m'en pria, invoquer l'esprit tout-puissant de ma bisaïeule afin que celle-ci lui vienne en aide du haut du Ciel, intercède en sa faveur auprès du Grand Esprit.

La suite est connue… La victoire infamante d'une poignée de courageux guerriers contre deux compagnies de cavalerie et deux d'infanterie armées jusqu'aux dents, le combat enragé terminé à mains nues, et Géronimo s'en tirant avec honneur, sacré chef de tous les Apaches! J'ignore si l'esprit de mon arrière-grand-mère a vraiment été pour quelque chose dans ce triomphe, mais je fus quand même remercié et fêté avec éclat, au cours d'un grand pawa où l'on m'appela «frère» et me consacra «Apache honoris causa».

Peu de temps après, je fis mes adieux à ces pathétiques mais plus que braves camarades, qui défendaient avec une ardeur et une exaltation quasi religieuses le tout petit bout de territoire qu'il leur restait encore, et recommençai à prospecter de-ci de-là pendant une couple d'années. Je me laissai ainsi surprendre par la guerre de Sécession. Comme je désirais maintenant retourner à Chicago, je dus me déguiser en officier sudiste pour traverser les zones occupées par les troupes du Sud, et en officier nordiste pour traverser celles occupées par les armées du Nord. Je demeurai chez moi pendant plusieurs années à ne rien faire d'autre que picoler, car j'avais mis la main sur une pépite gigantesque cette fois, regardant mes enfants à peau blanche et mes enfants à peau brune grandir ensemble et en harmonie.

Le temps passa tranquillement; Abraham Lincoln, le promoteur de l'abolitionnisme, fut assassiné en 1865; en 1867, l'Acte de l'Amérique du Nord britannique réunissait l'Ontario (l'ancien Haut-Canada), le Québec (l'ancien Bas-Canada), la Nouvelle-Écosse et le Nouveau-Brunswick, créant ainsi le Dominion du Canada, ou Confédération canadienne; Géronimo, qui s'était retourné aussi contre les troupes américaines, serait capturé en 1886 et engagé comme attraction dans le cirque ambulant de cette ordure de Buffalo Bill : la comédie humaine se continuait et jouait à guichets fermés tous les jours...

Où je donne un coup de main à Louis Riel, rencontre
l'Irlande sous l'apparence d'une fille de feu, deviens
restaurateur, hôtelier, guide de pêche et de chasse,
et finalement piqueur de gomme…

E N 1885, à peine un an avant que mon ami Géronimo
ne se rende aux autorités américaines, un autre
insurgé, Louis Riel, était pendu haut et court, reconnu
coupable de haute trahison par un jury entièrement anglophone, de toute évidence partial : tout cela n'était en réalité
qu'une odieuse mascarade politique, une nauséabonde et
machiavélique machination. En effet, comme le gouvernement américain, en 1879, avait mis le feu aux Prairies
pour exterminer les derniers bisons et ainsi affamer le chef
indien rebelle Sitting Bull, les métis de l'Ouest canadien
ne pouvaient, eux non plus, continuer leur vie de chasseurs
nomades. Ils demandèrent donc à Ottawa de leur concéder
des terres qu'ils pourraient cultiver pour survivre. Mais
voilà, ces territoires étaient destinés en partie au passage
de la voie de la Canadian Pacific Railway, en partie à la
colonisation blanche, et il fallait à tout prix se débarrasser
de ces «sang-mêlé» gênants. De plus, tandis que les
Canadiens français exigeaient son acquittement, les
Ontariens réclamaient la tête de Riel pour venger la mort
d'un des leurs, un certain Thomas Scott, survenue lors
d'une première rébellion en 1870. Le résultat du procès
influencerait les prochaines élections fédérales, et le

gouvernement conservateur au pouvoir risquait sa majorité. C'est ce qui explique le soulèvement populaire suivi de ce simulacre de procès.

Bien plus que Géronimo, Louis Riel était mon frère, puisque moi aussi je suis métis d'Indien et de Français. C'est la raison pour laquelle je m'étais rendu à la rivière Saskatchewan pour lui offrir mes services, me battre à ses côtés contre l'armée anglaise. Mais, succombant sous le nombre, lui et ses hommes s'étaient constitués prisonniers après seulement quelques semaines de combat désespéré. Quant à moi, comme d'habitude, j'avais sauvé ma pomme in extremis grâce à mon habileté à filer en douce le moment venu, lorsque je suis certain que tout est perdu. (Aujourd'hui, cette bande d'hypocrites, au Parlement, a réhabilité la mémoire de notre ex-persona non grata et lui a même érigé une statue, là encore pour de sombres raisons politiques, et peu importe de se contredire!)

Écœuré par toute cette affaire, je retournai à Chicago pour apprendre que ma chère petite Sylvia s'était stupidement tuée en tombant du balcon, alors qu'elle était en train d'arroser ses fleurs. Elle n'avait que quarante-trois ans. Mes enfants ayant depuis longtemps fait leur chemin chacun de leur côté, j'eus tout à coup le mal du pays et je décidai de revenir vivre au Québec.

J'avais pensé qu'il serait plus sage, malgré ma tenace haine des banquiers, de mettre en sûreté les derniers dollars qu'il me restait de la vente de ma fameuse pépite, et de me trouver un emploi. Je voulais ainsi me constituer un petit bas de laine en cas de coup dur, maladie, accident, ou autre saloperie du même genre. Et puis, je me disais qu'un de mes enfants ou petits-enfants pourrait peut-être avoir besoin de mon aide financière un jour…

Je me dégotai un petit boulot dans la ville de Québec même, dans une manufacture de chaussures. Je transportais de lourds chargements de grandes peaux tannées de bœuf ou d'autres animaux jusqu'aux ateliers de couture, où de toutes jeunes filles, de même que des femmes plus mûres, les découpaient en petites pièces selon des patrons bien précis, qu'elles cousaient par la suite ensemble pour confectionner souliers, bottes ou bottillons.

Les cheveux de l'une de ces travailleuses me fascinaient. Elle était toujours de dos et assez loin, de sorte que je ne voyais jamais son visage, mais cette longue crinière de feu qu'elle arborait me brûlait les yeux : sous la lueur des lampes, celle-ci jetait littéralement des étincelles et on aurait dit une coulée de cuivre ou d'or rouge. C'étaient des flammes vivantes, une chatoyante fourrure de renard, la pomme d'or des Hespérides, tout cela à la fois. Quand un jour j'aperçus enfin son visage, ce fut le plus puissant coup de foudre que j'eus jamais! Comment pourrais-je la décrire? Tous les mots seraient inappropriés, toutes les épithètes, même les plus flatteuses, beaucoup trop faibles. Je pourrais seulement la définir comme le contraste incarné, la réunion des contraires, en fait, le yin et le yang amalgamés dans la figure et le corps parfaits d'une créature terrestre. En effet, si elle était le feu par sa chevelure, elle était la neige par la blancheur éclatante de sa peau, et le résultat de cette combinaison, éblouissant pour mes yeux, électrisant pour tous mes nerfs, me paralysait sur place, me stupéfiait plus que la fumée du meilleur opium, me pétrifiait, le terme n'est pas trop fort, comme si j'avais été sous le regard de la Gorgone.

Après le baratin habituel et quelques soirées de danse au bal populaire, elle devint, je ne savais plus ma combientième épouse, car j'en avais perdu le compte depuis fort longtemps. Elle s'appelait Flora O'Connell et c'était une Irlandaise catholique, fille d'un de ces immigrants qui, dans les années 1846 à 1848, avaient fui la Grande Famine, causée par une maladie de la pomme de terre, comme chacun sait, mais aussi par les riches lords anglais, propriétaires des terres où les Irlandais n'étaient que censitaires et devaient cultiver l'orge ou le blé pour ces intraitables maîtres. En retour, ceux-ci ne leur laissaient qu'une infime parcelle du terrain pour faire pousser ces maudites patates trop facilement putrescibles, base de leur maigre nourriture. Patrick O'Connell, désespéré, en révolte contre ces Britanniques qui le tenaient pour un être inférieur, même pas chez lui en son propre pays, s'était embarqué avec des centaines de compatriotes sur un navire en partance pour le Canada. La traversée avait été épouvantable en raison de la promiscuité et de l'absence quasi totale d'hygiène, et le typhus s'était finalement déclaré à bord. Contrairement à des milliers d'autres avant lui, il avait survécu par miracle à la quarantaine passée à la Grosse-Île…

Je déflorai Flora dans l'extase la plus folle, enivré par les effluves floraux de sa peau; c'est vous dire qu'elle portait bien son nom! Je n'avais jamais vu – à part peut-être Isabelle de La Fresnaye, mais elle ne possédait pas ces cheveux embrasés – une femme autant jolie, un visage aux traits aussi harmonieux, des yeux d'un vert plus hypnotique… Petit nez à peine retroussé, lèvres pleines, sensuellement enfantines, taches de rousseur éparses sur les congères de ses joues, comme les scintillements de la Voie lactée, seins qui auraient amplement mérité de figurer au calendrier de leurs homonymes, chute de reins où l'on aurait voulu plonger pour s'y noyer…

Notre travail à tous les deux était fatigant, harassant, et je pris la décision de renoncer à mon bas de laine et d'acheter un petit commerce que nous pourrions faire fonctionner ensemble. Un restaurant était à vendre, non loin de la manufacture, et j'en fis l'acquisition sans trop hésiter. Fort de mon expérience de cuisinier sur les chantiers forestiers, je visai une clientèle populaire et fis de la bonne grosse cuisine québécoise traditionnelle, simple, nourrissante et bourrative. Au menu : soupe aux pois ou aux gourganes, cretons et tête fromagée, ragoût de boulettes et de pattes de cochon, bœuf à la mode, fritures de capelans ou d'éperlans, tourtière, cipaille, fèves à la mélasse, pâté «chinois», rôti de porc froid aux patates brunes, tartes aux pommes, aux bleuets, au sucre ou à la farlouche, bien entendu nappées de crème fraîche liquide, gâteau aux épices, pudding du chômeur arrosé de sirop d'érable… Quant à Flora, elle ajouta sa touche personnelle, quelques recettes typiquement irlandaises qui firent fureur, dont la soupe à l'orge, le légendaire ragoût de mouton, le «soda bread» et les marmelades aromatisées à l'«irish whisky».

L'affaire marcha assez rondement pendant quelques années, mais nous étions trop généreux, je le dis en toute modestie, trop charitables, laissant manger à crédit des gens pauvres, des travailleurs au chômage ou en grève qui étaient souvent d'anciens camarades d'usine à qui nous ne pouvions décemment refuser un bon repas chaud, et les factures impayées s'accumulaient dangereusement sous le comptoir. La situation s'aggrava jusqu'au jour où nous fûmes acculés à la faillite. À quelque chose malheur est bon, affirme le dicton, et c'est en effet un grand malheur qui nous tira de ce mauvais pas, aussi terrible et cynique que cela puisse paraître. Le père de Flora décéda, mais en ayant la bonne idée de lui léguer sa terre, car elle était son seul enfant encore vivant.

Il s'agissait d'un méchant petit bout de terrain sablonneux, dans les environs de Montmagny, où le bonhomme O'Connell n'avait réussi, tout comme en son Irlande natale, qu'à faire pousser patates, navets et maigres choux piqués par les vers. Nous vendîmes pourtant notre restaurant, remboursâmes nos dettes avec l'argent et allâmes nous installer au bord du fleuve, car j'avais été visité une fois de plus par la fée de l'imagination et avais eu une autre de mes idées lumineuses. Avec les troncs des pins que je couperais sur la partie de la terre qui était encore en bois debout, je construirais une sorte d'hôtel pour nemrods fortunés, un domaine de chasse et de pêche très sélect, réservé aux riches marchands et aux gros bourgeois de la capitale, ceux-là mêmes que j'avais de travers dans la gorge depuis la reddition précipitée de Québec cent-quarante ans plus tôt, si vous vous souvenez bien. Je tenais là un moyen de leur soutirer quelques-uns des dollars qu'ils volaient au peuple, et je ne m'en priverais pas! Étant donné l'abondance des oies des neiges, des bernaches cravant, des outardes et des canards de toutes espèces qui venaient se nourrir sur mes battures, ainsi que la taille phénoménale des bars d'Amérique que l'on pouvait capturer dans les eaux de ce secteur du Saint-Laurent, la réputation de mon établissement se propagea jusqu'à Montréal, Ottawa, et même Toronto, si bien que de grands financiers canadiens-anglais, sans même le savoir, nous firent vivre grassement, moi, un ex-rebelle ayant combattu aux côtés de Riel, mon épouse, fille d'un Irlandais révolté contre la Couronne britannique, et nos petits bâtards de marmots à la tignasse rouge et au nez picoté de taches de son, qui prenaient parfois des leçons de gaélique sur les genoux de leur mère…

Aujourd'hui, les hôtelleries de ce genre, que l'on appelle «pourvoiries», sont légion, mais à l'époque j'étais une des rares personnes à offrir ce service. Je pouvais amener mes clients chasser la sauvagine près de l'île aux Oies ou de l'île aux Grues, pêcher le bar géant à la pointe est de l'île d'Orléans. J'étais maître d'une sorte de petit royaume, et vécus ainsi de très belles années. Pendant que je faisais le guide, Flora préparait le gibier tué par nos pensionnaires, cuisinait les oies aux pommes, les canards à l'orange et les filets de poisson au beurre citronné qui, arrosés des meilleurs vins français, firent la gloire de ce nouveau restaurant tout en nous changeant de nos soupes aux pois et de nos ragoûts de boulettes des années précédentes!

La seule ombre au tableau, c'était que tous ces requins de la finance, accompagnés parfois de leurs poules de luxe, épouses ou maîtresses, m'écœuraient au plus haut point. Ces gros dégueulasses, aussitôt qu'ils avaient un verre de cognac cinq étoiles ou de scotch «15 ans d'âge» derrière la cravate, se mettaient à cracher sur tout ce qui existait et à déféquer sur la tête de tout le monde. Leurs connasses fardées, pendant ce temps, prenaient le thé en parlant des robes ou des chapeaux à la mode cette année-là, le petit doigt en l'air et un grain de caviar au coin de leur bouche peinturlurée.

J'en arrivai un jour au point où je ne pus plus les supporter. Ce matin-là, un de ces abrutis, qui était par le fait même et par définition un politicien connu, m'engueula parce que j'avais négligé d'apporter de la glace pour mettre dans son bourbon pourri et que nous étions maintenant rendus trop loin au large pour retourner en chercher. Il me traitait de tous les noms tout en gesti-culant comme un fou, tant et si bien qu'il fit verser notre embarcation et coula à pic, plein qu'il était de jus de maïs distillé. Je dus plonger à sa suite et aller le cueillir tout au fond du fleuve, empêtré dans les herbes aquatiques et entouré d'anguilles qui se réjouissaient déjà de ce plantureux repas inespéré. Ce grossier personnage s'appelait Theodore Roosevelt et était alors vice-président des États-Unis. Un an plus tard, il deviendrait président et entreprendrait son abominable politique impérialiste et interventionniste au Panama, à Cuba, au Nicaragua, préconisant l'emploi du «big stick». Avoir su, à l'époque, je crois que je l'aurais laissé se noyer.

Cet événement avait été la goutte qui avait fait déborder le vase. Quelques semaines plus tard, je laissais Flora et mes trois enfants, Patrick, Sean et Florence, désormais assez vieux, s'occuper à leur guise de mon auberge, tandis que moi, en cet an de grâce 1900, désirant changer de vie comme le calendrier changeait de siècle, je partais pour les forêts de la Gaspésie récolter la gomme de sapin ou baume du Canada, qui s'achetait au prix fort dans certains pays. En effet, cette résine, en plus d'entrer dans la composition de certains médicaments, servait de colle naturelle pour différentes sortes de lentilles et était ainsi utilisée dans la fabrication des longues-vues, jumelles, télescopes ou microscopes, puisque nulle substance synthétique ne pouvait efficacement la remplacer. Je devins donc piqueur de gomme, comme on disait, car il fallait piquer les boursouflures parsemant l'écorce du conifère avec une sorte de poinçon pour faire s'écouler l'épaisse sève jaune. Oui, j'étais à nouveau chercheur d'or, mais d'or liquide cette fois, heureux d'être encore et toujours libre, et que le Diable emporte le reste, pensai-je…

CHAPITRE III

Où je m'acoquine avec une révolutionnaire féministe,
me transforme en bootlegger, sauve la peau d'Al Capone,
perds un œil dans un accident de voiture, ma complice
susdite et un bourgeon de Chênevert à la suite
d'un avortement manqué…

J E RETOURNAIS de temps à autre à Montmagny pour
m'assurer de la bonne marche des affaires, mais je
m'inquiétais pour rien car tout allait comme sur des
roulettes. Je ne demandais qu'un petit pourcentage sur les
recettes pour vivre, et en laissais la majorité à ma femme
et à mes enfants, ce qui était normal puisqu'ils faisaient
maintenant tout le travail. Pour mon compte, je me
promenais de-ci de-là, à travers la province, prospectant
dans l'espoir de trouver un gisement de fer ou de cuivre,
récoltant le baume du Canada, pêchant et chassant pour
me nourrir et dormant sous la tente comme un Algonquin
nomade. Un jour j'étais sur la Côte-Nord, un autre on me
voyait au Témiscamingue ou au Lac-Saint-Jean, ou sautant
les rapides de la Caniapiscau en canoë de toile, au beau
milieu des toundras de l'Ungava couvertes de hardes de
caribous.

Flora avait très mal vieilli, s'était fanée avec les années.
L'éclat neigeux de sa peau d'edelweiss, que j'avais autrefois trouvé si sublimement sensuel, s'était terni. Celle-ci
avait jauni en fait, prenant une teinte légèrement safranée,
ou plutôt écorce de citron, qui ne paraissait pas du tout

saine, c'est le moins que l'on puisse dire, et une mauvaise graisse molle, flasque, pendouillait de ses joues, de ses bras et de son ventre. Le docteur du village affirmait que c'était le foie et qu'elle devrait moins bien manger et moins boire de ces petits blancs d'Alsace qu'elle adorait. Nous ne faisions presque plus jamais l'amour, même quand nous ne nous étions pas vus depuis six mois. De toute façon, fidèle à mes bonnes vieilles habitudes si je ne l'étais pas à ma femme, je me satisfaisais dans les bois avec les petites Sauvagesses, comme vous l'avez sûrement deviné. Elle mourut en 1912, emportée non pas par une cirrhose du foie ni une quelconque hépatite comme on s'y attendait, mais bêtement étouffée par une arête d'achigan.

L'année suivante, je me remariais avec Victorine Laurier. C'était une femme de tête, une suffragette, militante dans le mouvement féministe naissant et pacifiste convaincue, une habituée des marches et autres manifestations contre les guerres, quelles qu'elles fussent. Les années passant, elle se mit à conduire une de ces nouvelles voitures qui avançaient toutes seules, à «chevaux-vapeur», comme ils disaient pour que nous ne soyions pas trop dépaysés, invention du Démon que je n'aurais jamais cru voir de mon vivant, à se faire coiffer à la garçonne, à fumer des cigarettes et à danser le fox-trot… Décidément, le monde changeait, et je n'étais plus dans le coup! Pour la première fois de mon existence, je commençais à me sentir vieux, et mon genou bousillé à la bataille de Châteauguay me faisait si mal par temps humide que je devais m'appuyer de plus en plus sur ma canne.

Cette claudication m'avait d'ailleurs exempté de la conscription et j'avais donc ainsi échappé à la Première Guerre mondiale, même si j'eusse beaucoup aimé aller me battre un peu – oh! pas pour défendre ces satanés Anglais ni l'Empire britannique, bien sûr, mais simplement pour me défouler un brin… De plus, je m'étais découvert quelques cheveux gris aux tempes et une foison de poils blancs sur la poitrine. Jusqu'à ce jour-là, j'avais réussi à passer pour un homme jeune auprès des curés qui me mariaient grâce à mon habileté à falsifier mon baptistaire, ce que je faisais de trente ans en trente ans environ, mais maintenant je commençais vraiment à paraître beaucoup plus âgé que ne le laissait croire la date de naissance indiquée sur ce bout de papier. Avec cette Victorine Laurier, j'avais en fait l'air d'un monsieur d'un certain âge sortant avec une jeunotte qui aurait pu être sa fille. Par bonheur, sa manière de faire l'amour épargnait un peu mes forces. C'est elle qui me montait dessus, et moi, je me laissais faire, bien couché sur le dos, ce qui ménageait mes reins parfois légèrement défaillants. Elle disait que c'était mieux ainsi, qu'elle pouvait aller à son rythme et surtout modifier à sa guise l'angle de la friction sur le clitoris, ce qui l'aidait à atteindre plus facilement l'orgasme, à condition que je sache me retenir assez longtemps : je n'y comprenais que dal, mais c'était à mon avantage de n'en rien laisser paraître…

Quand il y avait eu cette manifestation monstre contre la conscription, en 1918, ma hardie cavalière était évidemment en première ligne. Les Canadiens français ayant peu ou pas du tout d'attachement sentimental à l'Angleterre, il était normal qu'ils n'eussent pas beaucoup envie d'aller se faire tuer pour elle. Mais le gouvernement ne le voyait pas de cet œil, c'est pourquoi un bataillon de soldats anglophones avait été envoyé de Toronto pour mater les émeutiers qui avaient saccagé les bureaux du

Chronicle et de *L'Evénement*, et incendié ceux de la police fédérale. Le 31 mars – c'était un dimanche de Pâques en plus, je me souviens –, l'armée avait chargé la foule, baïonnette au canon, provoquant une vive fureur parmi la population. Le lendemain, alors que les soldats patrouillaient les rues en sommant les suspects de s'identifier, les nôtres avaient soudain tiré sur eux. Une dizaine de soldats avaient été blessés. La cavalerie avait alors riposté, sabre au clair, tandis que l'infanterie ouvrait le feu avec des mitrailleuses.

Vicky, qui m'avait entraîné dans ce désastre, ne dut la vie sauve qu'à mon habitude séculaire de la bagarre et à ma vivacité d'esprit. Comme les rafales crépitaient et que les manifestants tombaient telles des mouches tout autour de nous, j'eus l'idée de fuir par les égouts, écœurante mais unique solution pour échapper à la mort ou tout au moins à une blessure ou à l'emprisonnement. Je soulevai la lourde plaque de fer au milieu d'une ruelle et ma compagne et moi nous engouffrâmes dans un souterrain obscur et puant. Dans la faible lueur d'un briquet, nous pouvions entr'apercevoir d'énormes rats noirs qui couraient se cacher dans des interstices ou derrière des tuyaux. La révolutionnaire à mes côtés, qui était prête un instant plus tôt à affronter les balles et les sabots des chevaux affolés, criait maintenant à la vue de ces pauvres bestioles tout aussi terrorisées que nous, et m'agrippait le bras si fort que ses ongles m'entraient dans la chair et qu'elle me déboîta presque l'épaule.

Nous longions le canal plus noir que le plus sombre fleuve des Enfers et notre plus grande peur était de tomber dans cette eau nauséabonde : nous étions un 1er avril et nous ne tenions nullement à devenir les poissons d'une horrible farce. Après maints tâtonnements sur des parois gluantes, après nous être cogné la tête contre des tuyaux trop bas et avoir reçu des coquerelles dans les cheveux et dans le cou – c'est surtout cela qui rendit ma chère Vicky presque démente, de sentir les pattes de ces monstrueux cafards lui courir sur la nuque et dans le dos! –, nous débouchâmes enfin sur une rue déserte et, non sans avoir d'abord jeté un œil scrutateur pour nous assurer qu'elle l'était bel et bien, nous sortîmes à l'air libre, heureux de retrouver la lumière printanière et les pavés secs de ce bon vieux Québec. Nous avions vécu un moment extrêmement pénible que nous nous rappellerions sans doute jusqu'à la fin de nos jours, mais au moins nos noms ne figuraient pas sur la liste des quatre morts, des dizaines de blessés et des cinquante-huit personnes arrêtées ce «bloody Monday»…

Ma téméraire épouse était sortie aigrie de cette aventure qui avait failli mal tourner, et c'est le cœur plein d'amertume et de dégoût qu'elle voulut quitter la ville pour faire autre chose, n'importe quoi, d'autant plus que la fameuse grippe espagnole, de sinistre mémoire, avait fait de véritables ravages, à la fin de l'année 1918, et que les gens étaient morts par centaines. Elle désirait de l'air pur, de grands espaces, de la liberté, elle étouffait…

C'est ainsi qu'en 1919, dans l'attraction de son puissant sillage – cette femme avait de l'ascendant sur moi, exerçait une sorte d'emprise sur ma volonté, et c'était bien la première fois qu'une chose pareille m'arrivait, moi qui jusqu'à ce jour avais toujours été le maître du jeu! –, c'est ainsi, dis-je, que je me lançai dans la contrebande de l'alcool. En effet, la prohibition toute récente des boissons alcooliques aux États-Unis de même qu'au Canada anglais, mais non au Québec, ouvrait un marché, clandestin bien sûr, mais quand même un marché gigantesque pour ce dernier. Il suffisait d'être entreprenant, fonceur, de n'avoir peur de rien, ni de la police provinciale, ni de la Royal Canadian Mounted Police, ni du FBI, où tout le monde était sur le pied de guerre, et encore moins de la mafia, avec laquelle il fallait faire affaire!

Nous avions acheté une plus grande et plus puissante voiture, et traversions la frontière de nuit, chargés de caisses de whisky canadien ou de gin anglais, car c'était ce que les Américains préféraient. D'autres se spécialisaient dans les vins et cognacs venus de France assez souvent par l'intermédiaire des îles Saint-Pierre et Miquelon. Nous étions fort nombreux, en fait, et formions une espèce de corporation secrète. Le métier était dangereux, mais fort lucratif, et, après nos courses à travers champs et bois, nous passions des nuits folles dans les cabarets de Montréal, à dépenser nos épaisses liasses de billets verts en bouteilles de champagne, cigares de La Havane et autres babioles de luxe : la vie de château!

Au cours de nos «voyages d'affaires», nous allions un peu partout aux États-Unis et au Canada anglais, à New York, à Washington, à Boston, à Ottawa, à Toronto, à Détroit, et c'est ainsi qu'un jour, je revis le Chicago où j'avais vécu quelque cinquante ou soixante ans auparavant et laissé deux-trois échantillons de mon incommensurable progéniture. Nous y vîmes en chair et en os, dans un tripot à peine éclairé, fréquenté par les plus terribles gangsters, le «célèbrissime» Al Capone, avec qui nous avions déjà commercé, mais par personnes interposées. Il n'était pas très loquace, et toujours sur le qui-vive, entouré de gardes du corps armés jusqu'aux dents. Il me dit cependant :

«Ah! My dear friend Noweil Chéinevert ... Mamma mia! How are you? Comment vont lés afféires?»

Il n'entendit pas ma réponse, malheureusement, car un commando d'une bande rivale fit irruption dans la cave où tout ce beau monde s'était entassé et ouvrit le feu avec des mitraillettes. Nous avions fui les fusillades de Québec pour en trouver de pires au cœur du Chicago underground. Nous nous précipitâmes vers la sortie de secours et, juste au moment où la porte se refermait derrière nous, j'aperçus Capone qui se traînait sur le plancher. Je l'accrochai par le collet avec la poignée incurvée de ma canne, comme on ferre un gros poisson, c'est le cas de le dire, et le tirai vers moi avant qu'il ne soit trop tard. Il n'était pas blessé, il avait seulement rampé pour éviter les balles et, aussitôt dehors, nous nous élançâmes vers nos bagnoles respectives. Comme son chauffeur démarrait en trombe, il eut le temps de m'envoyer un au revoir de la main de même qu'un clin d'œil qui voulait tout dire. Quant à nous, vu que Vicky conduisait, je trouvais normal que cela prenne un peu plus de temps, car elle n'était pas aussi douée pour le volant qu'elle le prétendait. Mais lorsque je me retournai vers elle, mon regard tomba sur une énorme tache vermeille qui s'élargissait à vue d'œil dans son dos, une fontaine de sang qui jaillissait de la déchirure causée par un projectile.

Elle finit pourtant par démarrer elle aussi et, au coin de la rue, nous prîmes le virage sur les chapeaux de roues. Une fois en sécurité dans un quartier tranquille, elle voulut stopper le véhicule et se garer dans une ruelle déserte, mais elle choisit également ce moment-là pour tomber dans les pommes, et nous allâmes écrabouiller trois ou quatre grosses poubelles métalliques dans un fracas épouvantable, avant de percuter un mur de béton qui m'envoya me crever un œil sur un morceau pointu du pare-brise en miettes. La douleur fut effroyable, insoutenable, pire que toutes celles que j'avais connues jusqu'alors, un élancement dans le nerf optique jusqu'au centre du cerveau, et je pensai sur le coup que mon cœur allait s'arrêter de battre.

Je connaissais dans les environs un vieux médecin drogué, dégénéré, qui avait perdu son permis pour quelque innommable raison, et qui pratiquait des avortements clandestins et vendait morphine, codéine, éther ou véronal aux toxicomanes pour survivre. Malgré la douleur qui me vrillait le crâne, je me rendis à son appartement avec Vicky dans les bras, et mon orbite d'où s'écoulait une humeur visqueuse. En plein milieu de la nuit comme ça, Jones ne voulut d'abord pas ouvrir sa porte, mais j'enfonçai celle-ci d'un coup de pied puis le menaçai de mon revolver pour qu'il m'obéisse. Il tremblait de tous ses membres et je ne savais pas si c'était à cause de la peur, du manque de drogue ou simplement de son âge, peut-être les trois à la fois. Je déposai mon lourd fardeau sur son canapé crasseux, râpé jusqu'à la douceur d'une peau de fesse et probablement infesté de punaises.

Vicky respirait mal. La balle avait traversé l'épaule et pété la clavicule, et il était possible même que des fragments aient perforé le haut du poumon. Elle avait perdu beaucoup de sang et nous nous affairâmes, moi et le vieux doc qui avait maintenant recouvré ses esprits grâce à une injection sous-cutanée de je ne sais quoi et à plusieurs gros billets de banque glissés dans sa poche de pyjama, à stopper l'hémorragie d'abord, puis à retirer les éclats d'os ou de métal les plus visibles et à désinfecter la plaie. Enfin, le toubib s'occupa de mon œil du mieux qu'il put, et une légère dose de morphine pour ma compagne, qui n'avait pas l'habitude de cette substance, une plus forte pour moi, qui étais costaud et avais déjà tâté de l'opium, nous plongèrent tous les deux dans un profond sommeil réparateur.

Ce vieillard n'était pas si mauvais, après tout, car le lendemain midi, à notre réveil, un repas solide nous attendait : œufs brouillés, bacon, tranches de tomate, toasts, tarte aux pommes et café fort. Il nous garda plusieurs jours, jusqu'à ce que nous fussions suffisamment guéris pour repartir, et Vicky délira beaucoup pendant presque tout ce temps, torturée à tout moment par de brusques et violents accès de fièvre qui lui faisaient transpirer toute l'eau de son corps, la faisaient frissonner et claquer des dents, ou bien, au contraire, hurler qu'il faisait chaud comme dans une fournaise et qu'elle était en Enfer pour payer tous les crimes qu'elle avait commis :

«Lucifer est là! vociférait-elle. Là, dans l'coin, j'le vois comme j'te vois, Noël, y vient m'chercher!...»

Il n'était pas dans la pièce, bien sûr, car je l'avais observé de très près au début de la colonie, si vous vous souvenez, et le moins qu'on puisse en dire, c'est qu'il est facilement reconnaissable. Il n'y avait, sur le dossier d'une chaise, qu'un vieux chandail de laine élimé.

Après cette pénible aventure, Vicky était diminuée physiquement; elle toussait tout le temps. En ce qui me concerne, je ne voyais plus que d'un œil et portais une sorte de bandeau spécial pour cacher celui qui était mort, une pièce de cuir noir qui me rappelait celle d'un certain pirate borgne que j'avais connu jadis dans les Caraïbes. Nous continuâmes quelque temps à faire les bootleggers mais, même si Al Capone, en reconnaissance du secours que je lui avais porté dans un moment critique, avait demandé à ses hommes que nous fussions traités comme des princes et protégés en tout temps, le cœur n'y était plus. Quand Vicky fut enceinte de moi – conséquence d'une soirée trop arrosée où nous avions laissé tomber la capote anglaise, que nous n'aimions pas beaucoup –, elle voulut aller se faire avorter chez le vieux docteur Jones, qui était devenu un ami. C'étaient des manières nouvelles pour une femme, et j'étais décontenancé : jamais une de mes épouses n'avait refusé un de mes enfants! L'idée ne leur en serait même pas venue... La vie n'était vraiment plus ce qu'elle avait été, et encore une fois j'étais dépassé.

Elle avait pris une très mauvaise décision, car elle mourut quelques jours après l'opération, et je suis sûr encore aujourd'hui que son décès est dû aux séquelles de cet acte barbare, contre-nature, même s'il avait été pratiqué avec le plus grand soin par Jones, et dans la plus grande propreté, j'y avais personnellement veillé. Elle n'eut même pas droit à des funérailles décentes, car j'étais évidemment recherché par la police et je ne devais pas me montrer. Je l'enterrai au pied d'un bouquet de noyers, quelque part dans la campagne américaine, je ne sais plus très bien où, au bord d'une douce rivière, dans un champ de margue-rites, de trèfle mauve et d'épervières, beau comme un kaléidoscope : vu les circonstances, c'est le mieux que je pus faire. À ses côtés, je mis le fœtus, que le doc m'avait donné en cachette et que j'avais conservé dans un bocal rempli de vodka...

CHAPITRE IV

Où je pars coloniser l'Abitibi, me retrouve unijambiste,
épouse une calamité verbale et connais les affres de
la Deuxième Guerre mondiale par personnes interposées…

L A PROHIBITION prit fin en 1933. Entre-temps, il y avait eu le krach de 29, et les années 30 étaient celles d'une profonde crise économique, d'une effroyable misère. Moi, comme j'avais dépensé à mesure tout ce que m'avait rapporté le commerce illicite des spiritueux, je n'avais rien perdu et n'avais donc pas eu à me jeter par une fenêtre du haut d'un gratte-ciel, tels ces hommes d'affaires new-yorkais qui avaient été lessivés lorsque le cours de leurs valeurs à la Bourse s'était effondré. La Grande Dépression avait jeté des milliers de travailleurs à la rue, et les chemineaux parcouraient la campagne américaine aussi bien que canadienne, quémandant un bol de soupe, un guignon de pain, un verre de babeurre, une place à coucher dans l'étable réchauffée par l'haleine des vaches, sur la paille souillée mais plus saine que le sol couvert de givre.

Certains voyageaient assis sur le toit des trains, sautaient dans des wagons de marchandises en marche au risque de se casser le cou. Je fus de ceux-là, pour revenir au Québec et constater que mes enfants avaient conduit ma pourvoirie de Montmagny à la faillite depuis belle lurette. Il ne me restait plus qu'à me faire colon et à partir pour le fin fond de l'Abitibi, là où le gouvernement, pour combattre le chômage chronique et le vagabondage, ouvrait de nouveaux territoires à l'agriculture et donnait des terres en bois debout à ceux qui avaient le courage d'en couper les arbres, de les essoucher, de les épierrer et finalement de les cultiver, tout cela dans des conditions de vie épouvantables : isolement, pauvreté, nuées de moustiques voraces, chaleur humide de la canicule canadienne ou froid sibérien de l'hiver boréal.

C'était pratiquement comme aux premiers jours de la Nouvelle-France, et je possédais une certaine expérience dans ce genre d'existence à la dure. Je défrichai mon lot boisé à la hache, jetai bas pins gris et épinettes noires qui chutaient dans un grand fracas de mâts cassés, craquaient et geignaient parfois tels de grands animaux agonisants. Je construisis ma cabane, puis érigeai petit à petit les bâtiments de la ferme. Je semai de l'orge et du sarrasin entre les souches que je n'avais pas encore eu le loisir d'arracher. Je dus hiverner sans avoir eu le temps non plus d'élever des poulets ou un cochon mais, dans une remise non chauffée, gelés dur comme pierre, pendaient les quartiers d'orignal et de caribou, les lièvres, les gélinottes et les exceptionnelles perdrix blanches, qui avaient été une vraie manne cette année-là, descendues par milliers du Grand Nord pour quelque obscure raison. Peut-être était-ce un cadeau de la Providence pour nous secourir?

Donc, tout se serait bien passé malgré tout si, dès le mois de décembre, ma jambe malade n'avait pas commencé à faire des siennes. Elle enfla d'abord, devint extrêmement sensible, puis des taches noires apparurent aux extrémités, la phlébite s'étant soudain transformée en gangrène. Le seul médecin de la région était d'avis qu'il fallait d'urgence amputer. De toute façon, j'étais intransportable. Je n'aurais jamais pu imaginer pire cauchemar. Comme nous étions à des centaines de milles des grandes villes du sud de la province et que ce cher bon docteur n'avait plus l'ombre d'un quelconque médicament analgésique dans sa trousse, il me fit boire une bouteille de gin complète en espérant que cela aurait un peu d'effet sur la douleur. J'en mélangeai une partie à de la tisane de thé du Labrador, dont les propriétés légèrement narcotiques sont connues des Indiens depuis l'aube des temps. Quand on m'estima assez soûl, des voisins venus porter assistance m'attachèrent aux montants de mon lit, me bâillonnèrent, et le savant diplômé en boucherie commença à scier mon fémur au-dessus du genou. Si je n'avais pas eu ce bâillon, je me serais mordu la langue jusqu'à l'amputer elle aussi… Je crois qu'il ne doit pas y avoir pire supplice que ce que j'ai vécu sur ce lit de torture, même en Enfer! Dans la douleur, en tirant sur les liens qui me retenaient, je cassai les montants de ma couchette et, dans un même mouvement pas tout à fait involontaire, je le crains, frappai du poing mon bourreau sur le nez, ce qui provoqua chez lui une hémorragie presque aussi abondante que celle de ma cuisse charcutée!!!

Les mois qui suivirent cette mutilation furent extrêmement pénibles. On avait sauvé ma vieille carcasse, d'accord, mais je me sentais maintenant diminué, amoindri… Comment dire? Il me manquait une partie de moi-même, tout simplement, et la jambe de bois que je m'étais fabriquée dans la branche maîtresse d'un arbre de ma cour, bien que confortable et pratique, ne changeait rien à l'affaire. Et, avec mes crises de fureur de plus en plus fréquentes, avec mon œil voilé de noir et cette patte qui menaçait à tout moment de prendre racine dans le plancher en terre battue de mon humble hutte, je ressemblais tout à fait à une caricature du pirate que j'avais jadis été, directement sortie de *L'Île au Trésor*, de Stevenson... Il ne manquait plus qu'un perroquet perché sur mon épaule; c'est pourquoi je décidai, par dérision, d'apprivoiser une corneille afin qu'elle serve à cet effet!

Je me remis à picoler de plus belle. La mode, à l'époque, était au «gros gin», comme nous disions pour le distinguer du dry gin anglais moins velouté, genièvre hollandais entré chez nous par le port de Québec avec les marins du pays des tulipes et des moulins à vent qui, au XIXᵉ siècle, le vendaient sur les quais pour se faire un peu d'argent de poche et aller voir les «filles à matelots». L'usage s'en était très vite répandu et nous le buvions mélangé à de l'eau bouillante, du miel, quelques gouttes de jus de citron et de la muscade. Nous appelions ça des «ponces» et je dois avouer que j'étais fou de ce breuvage, devenu boisson nationale des Québécois. La bouilloire sur le poêle à bois n'arrêtait pas de chanter, la pompe à eau ne fournissait pas, le pot de miel vide dans le garde-manger avait été remplacé depuis longtemps par une simple poche de sucre blanc et, quant aux citrons, je m'en passais fort bien, vu qu'ils étaient foutrement rares à cette latitude. Je marchais de long en large dans les deux pièces de ma petite cabane, en vacillant allègrement, je tanguais, pour ainsi dire, et Coco, sur mon épaule souillée de sa merde, battait des ailes pour tenter de garder son équilibre en laissant parfois tomber de longues plumes noires sur le plancher. Ce sont ces plumes, en fait, qui me donnèrent l'idée de commencer une première autobiographie, que je ne terminai jamais. Un des plus beaux cadeaux que m'avait faits Victorine Laurier, ç'avait été de m'apprendre à lire et à écrire. J'aiguisai donc, puisque je ne possédais pas de véritable stylographe, la hampe de corne d'une des longues rémiges de ma corneille, trempai celle-ci dans l'encre que je m'étais confectionnée avec de la suie de cheminée diluée dans de l'eau, puis entrepris de narrer l'incroyable histoire de ma vie. Toutefois, même si je savais former les lettres, il était beaucoup plus difficile de faire venir et d'agencer les mots qui devaient exprimer ma pensée, et je dus bien vite, à contrecœur, abandonner mon projet. Je n'étais pas assez instruit, voilà tout, et je devrais un jour ou l'autre remédier à cette situation, me dis-je alors, mais sans grande conviction. Je continuai de me consoler dans les vapeurs du gin, et n'y pensai plus.

Malgré mon nouveau handicap, je ne faisais pas plus pitié que si je n'avais pas été estropié. L'alcool bouillant de mes ponces, l'arôme tonique des baies de genièvre, revigorant comme les effluves résineux des sapins qui m'entouraient, les fortes doses de sucre et la muscade échauffante me fouettaient le sang, et j'abattais plus d'ouvrage à moi seul que tout un régiment. Ma terre fut bientôt entièrement défrichée, semée de céréales, de pommes de terre, de beau foin vert, couverte de bâtiments, une étable pleine de grasses vaches laitières, un poulailler débordant de dignes dindons dodus et de leghorns gloussantes, généreuses de leurs gros œufs nourrissants.

J'étais de nouveau prospère, en bonne forme malgré mes derniers problèmes de santé et mon âge, qui n'était plus d'or depuis des lustres mais tout au moins de platine, et le procréateur me démangeait encore, surtout le matin, ce qui, ma foi, était fort bon signe. Cependant, avec ma dégaine maintenant quasiment clownesque, je ne pouvais plus espérer me dégoter une jolie petite pouliche... Qui se ressemble s'assemble, dit le proverbe, et je me mis à fréquenter une veuve bancale et myope qui avait bien quarante ans passés. Je dis «bancale» parce qu'une de ses pattes était plus courte que l'autre, infirmité due à une maladie infantile dont j'ai oublié le nom, et myope parce qu'elle devait porter des verres plus épais que des culs de bouteille et qui auraient sûrement permis à toute personne normale de voir avec netteté jusqu'au tréfonds des cratères lunaires.

Elle répondait au doux nom de Geneviève Poirier, arborait une longue tignasse emmêlée déjà poivre et sel, et parlait sans pouvoir s'arrêter, comme si un quelconque mécanisme à l'intérieur d'elle se fût déréglé à jamais. Son mari n'avait pas survécu à son deuxième hiver dans la taïga abitibienne et avait été emporté par une otite purulente qui avait attaqué le cerveau. De mauvaises langues prétendaient que c'était le déluge de paroles de sa femme qui avait fini par irriter gravement le conduit auditif du pauvre homme et causer cette infection mortelle. Je ne les écoutai pas, car, quelques mois après, j'épousai ma verbomaniaque sans tenir compte le moins du monde de sa logorrhée incurable. Mal m'en prit, puisque voici, dans une version abrégée pour vous épargner une trop longue souffrance, la relation du monologue entendu lors de ma nuit de noces avec elle, tandis que j'essayais désespérément de lui faire atteindre cette extase où tous les mots deviennent superflus et par le fait même inutiles, cette béatitude que l'on qualifie d'indicible et d'ineffable.

«Comme je le disais toujours à Gérard – Gérard, c'était mon premier mari, comme tu le sais –, le plaisir de la chair est une belle et noble chose, puisque c'est Dieu qui l'a créée et qu'Il l'a voulue ainsi… Mais il faut bien se garder de tomber dans les excès qui nous privent de notre humanité en nous rendant semblables à la bête... Monsieur le curé affirme qu'il faut prendre exemple sur les blanches colombes, qui sont les plus belles et les plus immaculées créatures du ciel et ne s'accouplent que très brièvement pour préserver leur pureté... Il y a aussi les cygnes, qui sont vraiment magnifiques et qui eux non plus n'exagèrent pas sur le sexe, quoique la dame doive de temps à autre mettre un frein aux ardeurs de son galant... Et ces deux volatiles – la colombe et le cygne, je veux dire –, bien que fort différents en apparence, sont fidèles et se marient pour la vie, le savais-tu? Quand l'un des partenaires décède, l'autre se laisse mourir de faim, c'est-à-dire de chagrin. N'est-ce pas romantique, mon amour? Oh! je sais... Tu vas me dire que je me suis remariée tout de suite après la mort de Gérard, mais pour les humains c'est différent. Le suicide est un péché mortel, peut-être la plus grave offense que l'on puisse faire à Dieu, qui nous a donné l'existence en cadeau... Je pleure mon cher époux et prie pour le repos de son âme tous les soirs et chaque dimanche, mais il faut que la vie continue pour la plus grande gloire de Notre Père du Ciel, car c'est Sa Sainte Volonté... Changement de propos, as-tu pensé d'éteindre la lampe dans la cuisine tout à l'heure? L'huile coûte de plus en plus cher et nous n'avons pas les moyens de la gaspiller, tu en es conscient... C'est comme pour le sucre, sans parler du gros gin... Tu bois trop, mon trésor, ne le prends pas mal mais monsieur le curé dit que c'est un des pires fléaux de notre époque bouleversée... Ignores-tu que l'intempérance est un vice qui a détruit de nombreux ménages et jeté bien des familles à la rue? Je ne me verrais pas aller mendier à la Saint-Vincent-de-Paul, bien que Notre-Seigneur Jésus-Christ lui-même ait été un quêteux et que je ne veuille pas le dénigrer, Sa Bienheureuse Mère la Vierge Marie m'en est témoin… Mais pour Lui ce n'était pas la même chose, Il devait prêcher la Bonne Nouvelle sur les routes, l'apporter à tout le monde… Tiens, pendant que j'y pense, madame Bouchard est venue l'autre jour et elle m'a assuré avoir lu dans un livre de médecine que la boisson prise immodérément conduisait à la démence, à la paralysie et à la cécité… La cécité, ça veut dire qu'on est aveugle, et crois-moi, je sais ce que c'est que de ne pas y voir clair… Hier encore, je me suis cogné la tête à une étagère, dans la remise, et…»

Etc., etc. Je vous épargne la suite, vous m'en saurez gré. Je ne vous dis pas le calvaire que furent les années qui suivirent cette pénible nuit de noces. Et avec ça, Coco qui s'était mise à parler elle aussi, ce qui arrive parfois aux corvidés dont l'environnement sonore est sursaturé, et qui répétait, d'une voix affreusement rauque, horripilante, des mots par-ci, par-là, comme «Mon Doux! Mon Doux!» ou encore «Bonne Sainte-Anne!»

Je vous avouerai que j'eus à maintes reprises, Dieu me pardonne, la tentation de faire taire à tout jamais mon épousée, comme je l'avais fait pour cette horrible corneille en lui tordant le col. J'essayai de me boucher les oreilles avec de la ouate, de la cire d'abeille, du suif, de la gomme d'épinette, rien n'y fit. Je songeai même, en désespoir de cause, à me crever les tympans avec une longue aiguille, mais je me trouvai assez éclopé sans en ajouter. J'acceptai cette épreuve le plus dignement que je pus, tant et si bien qu'à la fin je n'entendais presque plus la chère femme. Les paroles me passaient au-dessus de la tête, on aurait cru, car je m'étais fabriqué un petit monde intérieur constitué de souvenirs ou de rêveries, dans lequel je me réfugiais aussi bien que dans la plus close des chambres insonorisées. Même que sa mort me fut une surprise : je n'avais pas senti la source se tarir peu à peu, jusqu'à ce jour surprenant où, selon sa meilleure amie, elle resta un gros deux minutes silencieuse, d'un seul trait, puis glissa de la chaise berçante où elle s'était installée pour tricoter. Oui, elle s'éteignit de cette façon, subitement, comme si elle avait soudain manqué de carburant pour entretenir le moulin à paroles qui la maintenait en vie, et sans m'avoir donné d'enfants. Ainsi soit-il…

Peu avant son décès, l'Europe était entrée en guerre une seconde fois en vingt ans, et l'un de mes petits-fils, André, dut aller au front. Il fut d'abord envoyé en Angleterre pour s'entraîner dans un camp spécial, puis on lui mit un vrai fusil dans les mains, chargé avec de vraies balles, et on l'expédia vite fait bien fait sur la grève de Dieppe afin qu'il servît, comme des milliers de ses compatriotes, de chair à canon, c'est-à-dire d'écran de protection pour les Canadiens anglais qui n'avaient pas apprécié, une fois de plus, notre refus de la conscription.

Après ce raid manqué des Alliés qui tourna au désastre, il revint au pays avec tous ses morceaux, comme on dit, mais l'esprit à jamais chamboulé, avec quelque chose de cassé dans son âme, ce qui à mon avis était bien pire. Quotidiennement, et à toutes les heures du jour ou presque, il revivait cet abominable matin du 19 août 1942. Devant ses yeux hallucinés, sur les murs blancs de l'hôpital, étaient projetées comme au cinéma des images de cauchemar sorties tout droit de son cerveau malade, de sa mémoire effroyablement tourmentée. Il revoyait, dans un vacarme étourdissant d'apocalypse, parmi les gerbes de terre et de galets, de viande humaine et de sang, ses camarades tomber tout autour de lui, fauchés par les balles des mitrailleuses allemandes et les fragments d'obus, flottant sur l'eau, gisant sur la grève et au pied des falaises de craie, la tête éclatée telle une vulgaire pastèque, le ventre ouvert aux quatre vents ou les membres arrachés aussi facilement que de simples pattes de mouche.

Mais lui, la Mort n'en avait pas voulu, et sa torture continuait éternellement. J'aurais voulu y être allé à sa place, moi qui avais une expérience trois fois séculaire de la bataille, qui en avais vu de toutes les couleurs et qui ne risquais plus de perdre grand-chose, mais ils n'auraient pas engagé un unijambiste borgne, c'est bien évident, et je n'ai donc rien à me reprocher. Tout ce que je pouvais pour lui, c'était tenter de le consoler un peu, de le faire revenir à la réalité, au moment présent. Descendu de mon fief abitibien pour le voir en son hôpital militaire, je le trouvai, parmi des dizaines et des dizaines d'autres pauvres diables semblables à lui, abîmé dans une profonde torpeur silencieuse d'où il jaillissait soudainement, de temps en temps, pour hurler, courir en tous sens, ligoté dans sa camisole de force, ou se rouler par terre. Il ne me reconnaissait pas, si jamais il avait même conscience de ma présence. Jeunesse de toute une nation détruite dans l'œuf…

Je le laissai malheureusement dans sa misère, car je compris bien vite qu'il était irrécupérable pour la société dite normale, et, ayant cassé le bout de ma jambe artificielle, qui s'était fiché dans la grille d'une bouche d'égout, je décidai de m'en fabriquer une autre dans un bois plus solide, en l'occurrence dans celui d'un chêne. Ces arbres, absents du Nord, étaient très abondants aux alentours de Montréal, et je m'en trouvai bientôt un dans la force de l'âge qui devait faire mon affaire. Je m'appelais Chênevert et j'avais maintenant une belle jambe en bois de chêne, ce qui me consolait un peu de la perte de mon petit-fils, bien que je continuai toute sa vie durant de prier mon aïeule huronne de lui venir en aide. Un infirmier le trouva pendu avec son drap un matin, une quinzaine d'années après la fin de la guerre : il n'avait jamais, pas même un seul instant, recouvré la raison.

CHAPITRE V

Où je consomme une olive trop mûre, tue le Wendigo
avec ma jambe de bois, tombe amoureux d'un crapaud
qui se transmue en princesse, découvre une mine de cuivre,
construis un château de cartes et perds tout ce que
je possède en un seul instant d'horreur absolue...

E N 1948, le Québec s'était enfin donné un drapeau; ainsi, le fleurdelisé flottait maintenant sur le Parlement. Puis, en 1949, Terre-Neuve entrait dans la Confédération, devenant la dixième et ultime province du Canada. Quant à moi, je m'étais mis à vieillir pour de bon, et l'irréparable outrage des ans, comme on dit, commençait à être passablement visible sur ma personne. Je ne pouvais plus raisonnablement songer à me remarier, mais cela arriva tout de même, comme quoi il ne faut jamais s'avouer vaincu d'avance. Elle était dans la cinquantaine avancée, avait la peau flasque, toute ridée comme celle d'une vieille pomme ratatinée ou d'une tortue centenaire des îles Galapagos, vibrait en marchant telle une gélatine à demi prise et n'entendait plus que si on lui criait à un pouce du pavillon auriculaire. Olive était son charmant prénom, Tremblay son doux nom de famille.

Notre lune de miel fut de très courte durée, car elle m'avait caché que de violentes douleurs à l'utérus et des spasmes vaginaux, probablement reliés à sa ménopause, l'empêchaient de consommer le mariage, ou tout au moins de le savourer. Refusant de la torturer plus longtemps, mais ne pouvant non plus vivre aux côtés d'une femme en n'ayant pas le droit moral d'y toucher, car de cette façon c'était moi qui me trouvais supplicié par mon démon du midi, je pris le large une fois de plus. Cependant, ce ne fut pas sur l'immensité bleue de l'océan que j'allai naviguer, mais bien plutôt dans la houle verte à perte de vue de la forêt boréale abitibienne, une sorte de mer elle aussi, à sa manière, avec ses crêtes d'émeraude à l'infini, ses ondulations sous le vent, ses îles d'eau que sont les lacs, et ses requins sous forme de loups en meutes.

Je m'étais à nouveau fait prospecteur et parcourais les immenses régions encore sauvages à la recherche de minerais précieux. Je descendais les rivières dans mon canoë de toile rouge – la belle époque de l'écorce de bouleau était depuis longtemps révolue – en évitant le plus possible les portages à cause de ma jambe de bois qui me rendait la marche difficile, surtout en terrain accidenté. Je poussai jusqu'à la baie de James et rencontrai là un groupe de Cris de l'Est venus chasser l'oie blanche. Je fus admirablement bien reçu, avec l'hospitalité coutumière des Amérindiens, et fis la connaissance d'une jeune fille fort laide, dont la seule vue aurait suffi à faire fuir le grizzly le plus affamé. Le plus étrange, dans cette difformité, c'est qu'elle n'était pas physique, si je puis dire. En effet, n'importe qui aurait trouvé le visage de cette personne correctement fait : nez de longueur normale, oreilles bien collées au crâne, «z'yeux en face des trous», peau lisse, exempte de maladies… De plus, nulle blessure ne la défigurait, nulle brûlure, nul coup de griffes ou de dents. Alors, me direz-vous, quelle était donc son infirmité? Eh bien, croyez-le ou non, une expression d'horreur, d'intense frayeur, avait déformé ses traits en permanence, qui demeuraient figés en un masque d'épouvante grimaçant! Ses lèvres dessinaient un rictus de singe affolé, réfugié à la cime d'un hévéa d'Amazonie pour échapper aux mâchoires du jaguar en chasse, et ses globes oculaires, aux pupilles dilatées, jaillissaient presque de leurs orbites sous l'effet d'une peur incommensurable...

Dans les jours qui suivirent, j'appris la cause de cette terreur. Myrtille-de-Montagne, car c'est ainsi qu'elle s'appelait, avait vu, de ses yeux vu ce que la plupart des Blancs ont toujours considéré comme une simple légende, c'est-à-dire le Wendigo en personne... Dans les vallées boisées de la chaîne himalayenne, vit semble-t-il le yéti, ou abominable homme des neiges; aux États-Unis, sur les contreforts des Rocheuses, le Big-Foot; dans les contrées similaires de l'Ouest canadien, le Saskwatch; au Québec, à l'ombre des épinettes de la futaie boréale, les aborigènes parlent du Wendigo, un géant poilu, d'apparence vaguement humanoïde, capable des pires monstruosités, y compris de se nourrir de chair humaine.

Lors d'une expédition de chasse au caribou avec la bande, Myrtille avait été envoyée par sa mère à la source afin de remplir d'eau fraîche une gourde de peau. C'est là qu'elle était arrivée face à face avec le Titan, venu boire lui aussi, si l'on ajoutait foi au récit fébrile et incohérent qu'elle avait fait par la suite. Il avait, paraît-il, essayé de l'attraper, et ce n'est qu'en se jetant dans l'épaisseur des ronces qu'elle avait pu y échapper. Elle avait rampé parmi les buissons épineux, esquivant les gros doigts qui cherchaient à la capturer et dont chacun faisait au moins la taille de sa cuisse, puis elle avait couru à toutes jambes entre les troncs de la forêt clairsemée qui l'avaient cachée malgré tout, de place en place, à l'affreux regard noir plein de méchanceté.

Or, il se trouve que deux jours à peine après avoir ouï cette étonnante histoire, Wendigo refaisait son apparition à notre campement même, fou de rage, enjambant de grands espaces de toundra à chacun de ses pas et piétinant tout sur son passage, bouquets de conifères, hardes de caribous, habitations humaines... Les gens, terrorisés, s'éparpillaient dans les bois d'épinettes rabougries ou sur la grève de la baie, certains allant jusqu'à se lancer dans l'eau glacée. Myrtille, paralysée par l'effroi, était restée plantée sur place, face à l'innommable brute. Je n'arrivais pas à en croire mes yeux, un tel monstre encore inconnu de la science en plein XXe siècle, en 1950, mais ce cauchemar était malheureusement bien réel, et je devais sauver cette pauvre fille, qui serait bientôt écrabouillée sous le gigantesque pied velu ou même – oh horreur! – broyée par des molaires plus larges que des meules de moulin à farine...

Ne faisant ni une ni deux, et à l'instar de mon propre père jadis, je me précipitai sur ce redoutable adversaire. Gesticulant pour attirer son attention, je m'arrangeai, en tournant autour de lui, pour le faire tournoyer sur ses pattes et ainsi l'étourdir, ce qui réussit à merveille car il était extraordinairement stupide. Déséquilibré, il chancela et finit par tomber sur le dos, dans un grand fracas qui ressemblait à un tremblement de terre. Je m'élançai aussitôt vers sa tête et, détachant ma prothèse, l'enfonçai par son bout pointu dans une de ses oreilles, en cognant de toutes mes forces sur le gros bout avec une pierre pour la faire pénétrer le plus possible.

Rendu furieux par la douleur, Wendigo se releva en vacillant, arracha de son tympan crevé ma jambe de bois et me la lança. J'évitai celle-ci de justesse, tandis que lui-même, un flot de sang giclant de sa cervelle d'abruti par le conduit auditif, basculait dans la mer du haut de la colline en causant un remous formidable qui l'engloutit pour toujours.

Inutile de vous dire que je fus fêté en héros, que l'on organisa en mon honneur un pawa qui dura bien une semaine et que je suis passé à l'Histoire, du moins chez les peuples algonquins, comme celui qui a vaincu le Wendigo millénaire, qui en a débarrassé à jamais la surface du globe. Mais le plus surprenant dans toute cette histoire, c'est que Myrtille, délivrée de la terreur qui avait marqué ses traits, retrouva un visage normal et se révéla une des plus belles autochtones que je vis de toute ma vie. Pour me remercier de l'avoir secourue, elle devint ma concubine, car elle n'avait rien d'autre à m'offrir que son jeune corps brûlant de reconnaissance. J'aurais été bien ingrat de refuser un tel cadeau, d'autant que cela ne se fait pas et que je l'aurais de la sorte insultée…

L'automne commençant à se faire sentir, je décidai de passer la saison froide avec ma nouvelle famille. Les trembles, les bouleaux et les mélèzes jaunirent, réalisant la transmutation de leurs sombres frondaisons en feuilles d'or resplendissantes, tandis que les merisiers, les cormiers et les airelles semblaient se gorger de sang, végétaux se faisant chair sensuelle pour quelques jours de vie exacerbée avant la longue mort de l'hiver. Les premières neiges tombèrent, recouvrant le sol d'un tapis d'hermine immaculé, mais Myrtille et moi, sous la tente d'épaisse toile, près de notre petit poêle à bois portatif et sous nos moelleuses couvertures confectionnées avec des lanières de fourrure de lièvre tressées, nous nous gardions bien au chaud, nos sept membres entremêlés.

Dans la forêt feutrée, nous n'entendions plus de-ci de-là que le croassement solitaire d'un corbeau à la cime d'un cyprès, que le hurlement des loups dans les lointains roses ou le craquement des troncs fendus par le gel nocturne. Tout était paisible et, nourri, logé, cajolé, je prenais enfin un temps de repos bien mérité. Des vacances, en quelque sorte, que m'offrait cette communauté reconnaissante du service que je lui avais rendu en la libérant d'un cauchemar aussi vieux que son propre peuple, mes premières vraies vacances depuis bientôt trois cents ans de dur labeur, de batailles, de traversées océanes, de pérégrinations sur tout le continent… J'en profitai si bien que Myrtille fut rapidement enceinte, et je n'en revenais pas d'être encore fécond parvenu à un âge si avancé.

Ce fut un garçon qui nous naquit. Nous le nommâmes «Paix-de-l'Hiver» et c'était un bel enfant calme et fort. Nous ne le fîmes pas baptiser, Myrtille n'y tenant pas et moi non plus, à bien y penser. Ce serait un fils de la Nature, un point c'est tout, et on l'élèverait comme tel.

En ce qui me concerne, je faisais maintenant la navette entre la baie de James et ma maison abitibienne, entre ma jeune et magnifique maîtresse amérindienne et mon horrible vieille femme au ventre aussi douloureux que flétri, et j'en profitais pour continuer de prospecter tout le long du trajet. C'est ainsi qu'un jour, je découvris un filon de cuivre révélateur d'un gisement sous-jacent. J'empruntai à la banque pour acheter la concession du terrain et la revendis deux ans plus tard à une compagnie minière américaine pour ce que je croyais être une véritable petite fortune, mais il s'avéra par la suite que je m'étais fait royalement rouler. N'empêche, je me retrouvais en possession de deux cent cinquante mille dollars et, à l'époque, c'était comme aujourd'hui être multimillionnaire! La vioque trépassa en apprenant la nouvelle, d'une crise cardiaque classique, due à l'émotion… Si vous acceptez que je sois franc, car faute avouée est à moitié pardonnée, je vous confesserai que je ne la pleurai pas beaucoup. Je l'enterrai vite fait bien fait et demandai à Myrtille de venir me rejoindre avec l'enfant : ils prirent la place vacante sans trop se faire prier. Grâce à mon petit magot, ma maison devint rapidement la demeure la plus opulente de toute la région. En fait, je jetai bas l'ancienne et fis ériger au même endroit un authentique château, et quand je dis «château» il ne s'agit pas d'une métaphore, je le dis bel et bien au sens étymologique du terme : c'était un castel, une gentilhommière, si vous préférez.

En pleine forêt ou presque, des tours et des tourelles s'élevaient vers le ciel nordique, un portail en fer artistiquement ouvragé s'ouvrait sur un jardin où j'avais fait semer, à grands frais, lilas, églantiers, tulipes et autres fleurs assez robustes pour résister à nos climats; une fontaine dessinait des arabesques liquides dans une vasque de béton sculptée, au milieu d'un étang artificiel peuplé de poissons rouges et de cygnes d'Europe; et des chevreuils apprivoisés, des paons et des faisans arpentaient de vastes et grasses pelouses d'un riche vert de jade…

Paix-de-l'Hiver grandissait en sagesse et en grâce, si j'ose plagier un auteur connu, et ma bien-aimée, mon amante inespérée, s'épanouissait dans le luxe ainsi qu'une orchidée exotique en serre chaude. Toutefois, la nostalgie de la forêt, de l'existence simple et saine d'autrefois, les prenait de temps à autre, et nous nous rendions alors, en hydravion, visiter les parents et les anciens amis, restés merveilleusement fidèles; mais très vite nous revenions à notre domaine, où nous vivions dans l'abondance et une paresse délectable. La chambre de l'enfant, large comme une salle de bal, débordait de chevaux de bois, ballons, locomotives miniatures, soldats de plomb, *teddy bears*, tricycles et trottinettes; la penderie de Myrtille, profonde comme un entrepôt, regorgeait de robes, vestes, blouses, jupes, manteaux, chapeaux et chaussures; notre table, longue comme le pont d'un trois-mâts, croulait sous les rôtis, pâtés, saladiers, miches, fromages, corbeilles de fruits et gâteaux...

Nous aurions pu continuer de couler longtemps de tels jours heureux si la destinée humaine n'était pas cette tigresse enragée, cette folle jalouse du bonheur de ses propres enfants. Ainsi, un printemps, à la fonte des neiges, un glissement de terrain emporta notre château et le précipita dans la rivière en crue qui rugissait à ses pieds. Dans une nuit épaisse et noire comme du goudron, les flots plus obscurs encore de la débâcle entraînèrent mon amour, qui tentait désespérément de s'accrocher à quelques planches de la demeure fracassée en mille morceaux par la force prodigieuse du courant, dérisoires bouts de bois, fétus charriés au milieu d'énormes blocs de glace qui paraissaient légers comme de vulgaires miettes de mie de pain. La pauvre fille disparut rapidement à ma vue, mais son cri demeura longtemps dans mon oreille, tout au creux, comme un éternel écho, un incessant remords. Encore aujourd'hui, je l'entends parfois, surtout au printemps.

Je n'avais réussi à sauver que Paix-de-l'Hiver. Mon terrain n'était plus qu'une coulée de boue informe, une mer d'argile tourmentée, chaotique. Plus aucune trace de la maison, des animaux, du jardin, de rien. *Tabula rasa*. Mon fils, dans mes bras, pleurait; moi, je me maudissais, et maudissais le cuivre, l'or, l'argent, de même que mes trois cents ans qui s'en venaient, mais ça, c'est une autre partie du livre à entreprendre...

MES DERNIÈRES ANNÉES

*Où je sombre dans l'alcool une dernière fois et suis repêché
par une stripteaseuse, engendre mon ultime descendant,
fais encore quelques petits boulots minables avant
de m'inscrire enfin à l'université, rencontre un ange,
enseigne l'histoire dans un collège et me rapproche
de la libération finale...*

E N 1956, je n'en menais pas large. Après la mort de
Myrtille et la destruction du château, comme à mon
habitude dans les grands malheurs de mon existence, j'avais
sombré dans la boisson, et cette fois j'aurais bien pu m'y
noyer pour de bon si quelqu'un, au dernier moment, ne
m'avait lancé une bouée de sauvetage. Cet être humain
secourable, généreux, ç'avait été bien évidemment –
tradition oblige – encore une femme. Une stripteaseuse
rencontrée dans un bar minable des bas-fonds de Val-d'Or
où j'étais en train de flamber mes derniers dollars, venue
vers moi à travers l'obscurité boueuse d'une cave à peine
éclairée, l'odeur marécageuse des exhalaisons de bière et
les volutes d'un gris de plomb de dizaines de cigarettes.

Que serais-je devenu sans elle? Je n'ose l'imaginer...
Imbibé d'alcool ainsi qu'un tampon d'ouate, mais sans être
jamais vraiment désaltéré, elle fut pour moi une fontaine
d'eau fraîche où m'abreuver enfin réellement, une source
de pureté où l'acte de boire reprenait tout son véritable
sens en redevenant prolongation de la vie, moment de
grâce, communion mystique... Cette oasis de sérénité dans

un désert de feu, cette île accueillante dans le déchaînement de la tempête se nommait Jeannette Dessureault, et elle me donna, outre l'amour, la tendresse et l'amitié dont j'avais le plus impérieux besoin à ce moment-là pour ne pas périr, mon ultime rejeton, un petit surgeon au duvet doré, aux yeux vert tendre comme des feuilles nouvelles. Malheureusement, même si elle avait cessé toute consommation de drogues depuis deux ou trois ans, affaiblie par des années d'abus de cocaïne et d'héroïne sans doute, elle ne survécut pas à sa délivrance. Cette épreuve s'ajoutant à la première, je passai à un poil de me trancher la gorge avec mon vieux rasoir à main ou de me jeter par la fenêtre de notre pitoyable chambre d'hôtel, où d'ailleurs Jeannette avait accouché faute de temps pour se rendre à l'hôpital. Mais le bébé était là, sur le lit, qui pleurait, tout poisseux, et il n'avait pas demandé à venir au monde : je devais continuer de vivre, ne serait-ce que pour m'occuper de lui.

Je trouvai de braves gens pour les adopter, lui et Paix-de-l'Hiver, car je ne voulais pas les abandonner dans un de ces sordides orphelinats de l'époque duplessiste, où les enfants étaient traités comme des débiles mentaux et des esclaves au service des communautés religieuses. Puis, je partis pour la côte nord du golfe Saint-Laurent où de grands travaux de harnachement avaient été entrepris sur les rivières Bersimis, aux Outardes et Manicouagan, en vue de la création d'un gigantesque réseau de barrages hydro-électriques, le plus vaste au monde. Pendant des années, j'y pratiquai tous les métiers, fis tous les petits boulots : concierge dans des baraquements interminables, aux planchers noircis par de grosses bottines de travail crottées; veilleur de nuit sur un chantier fouetté par le vent du nord où il gelait à pierre fendre; pompiste qui n'en finissait jamais de remplir les réservoirs sans fond de poids lourds grands comme des maisons; marmiton épluchant des tonnes de légumes pour un régiment d'ogres affamés...

Quand je fus assez écœuré de l'enfermement dans ces hautes montagnes boisées, de ces emplois médiocres et de ces minuscules paies que je buvais de toute façon le soir et les weekends sans jamais mettre un sou de côté, je décidai d'aller voir un peu ce que Montréal était devenue avec le temps. En 1959, notre dictateur national, Maurice Le Noblet Duplessis, avait rendu l'âme s'il en avait une, et ce fut le début d'une ère nouvelle, avec l'arrivée au pouvoir du libéral Jean Lesage, période que l'on appela avec justesse «révolution tranquille». Avec la création du ministère de l'Éducation, l'enseignement, jusqu'alors aux mains des curés, frères, pères, et bonnes sœurs de toutes espèces, se laïcisa et devint démocratique. C'est ce qui me donna le goût de m'instruire : j'avais été ignorant assez longtemps (trois-cent-treize ans pour être précis!) et, en 1969, après avoir été homme à tout faire à Expo 67, la grande exposition internationale qui fit connaître le Québec dans le monde entier, fatigué de poireauter au bas de l'échelle, de me faire cracher sur la tête et d'entendre dire que ce n'était que la pluie, je décidai de m'inscrire à l'Université de Montréal. (Un escroc rencontré dans un bar louche du boulevard Saint-Laurent m'avait fourni un faux diplôme de collège classique, car je ne pouvais quand même pas retourner sur les bancs d'école avec des enfants!) Oui, les temps changeaient à une vitesse folle, les Américains marchaient sur la Lune et je sentais moi aussi le besoin d'évoluer...

Travaillant le soir pour payer mes cours, parfois simplement comme plongeur dans une pizzeria, j'étudiai la littérature, la philosophie, la linguistique, mais surtout l'histoire. Si mes camarades de classe avaient su que j'avais vécu la plupart des événements relatés dans leurs manuels d'Histoire du Canada, je crois qu'ils seraient tous morts pétrifiés, changés en statues de sel ou je ne sais quoi du même genre!

Ce fut une des époques les plus heureuses de ma vie. Replongé ainsi presque tous les jours dans mes souvenirs, je réalisais peut-être pour la première fois à quel point j'avais eu une vie réellement extraordinaire, inconcevable. J'avais maintenant les moyens intellectuels et le temps de réfléchir à tout cela, et je n'en revenais pas de ce qui m'était arrivé. Mais la question que je me posais déjà après mon premier siècle d'existence, à savoir : «Par quel phénomène biologique ai-je bien pu vivre aussi vieux?» était plutôt devenue, à trois siècles bien sonnés : «Qu'est-ce qui m'a motivé, quels désirs, quelles idées, quels espoirs m'ont porté, soutenu pendant toutes ces innombrables années? Pourquoi ai-je livré tant de batailles, pour quelle raison ai-je défriché tant de terres, construit tant de maisons et fait tant d'enfants?»

D'emblée, j'avais écarté le mythe du «bon vieillard» aux nobles et pures intentions qui, dans une vie de misère et de sacrifices consentis, d'abnégation proche de la sainteté, avait relevé ses manches et bâti le Québec pour le bien-être et le bonheur des générations futures. Les hospices débordent de ces petits vieux que l'on dorlote et vénère tels de grands sages, comme si l'âge les avait bonifiés, épurés jusqu'à la «quinta essentia». C'est bien dommage à dire, mais la plupart des gens que j'ai connus, du jour de ma naissance, le 25 décembre 1656, jusqu'aujourd'hui, le 31 décembre 1997, où j'écris ces lignes, ne vivaient que pour eux, dans l'urgence du moment, dans la nécessité de subsister, sans penser un seul instant au pays qu'ils étaient, bien involontairement, en train de construire pour leurs hypothétiques descendants. Et puis, la plupart des êtres humains ne sont ni bons ni intelligents. Un homme qui a toujours été salaud devient, en vieillissant, un vieux salaud; une femme qui a toujours été conne devient, en prenant de l'âge, une vieille conne : il n'y a pas de raison pour que le temps les améliore, au contraire.

Alors, je ne suis pas mieux qu'eux et mes actions n'ont pas, moi non plus, été inspirées par l'altruisme, enfin pas souvent. Non, je pense que j'ai tout simplement essayé de survivre en m'adaptant aux circonstances et aux changements, un point c'est tout. C'est pourquoi je ne me loue pas du bien que j'ai pu faire parfois, mais, d'autre part, je me pardonne le mal qu'il m'est arrivé de commettre. Ainsi, je me donne moi-même l'absolution pour tous les hommes que j'ai tués lors des guerres ou des bagarres auxquelles j'ai participé, et je fais miennes ces paroles de la chanson d'Édith Piaf : «Non, rien de rien, je ne regrette rien...»

Dans une de mes classes de philo, je fis la connaissance d'une jeune étudiante un peu bizarre, un peu mélangée pourrait-on dire, qui s'appelait Sophie Dupin et qui était folle de ma dégaine de vieux gourou descendu de sa montagne. Elle pratiquait la méditation transcendentale professée par le Maharishi Mahesh Yogi et m'y initia. En fait, cherchant à tout prix à me convertir à cet enseignement supposément révolutionnaire, elle me traîna à une réunion destinée à recruter de nouveaux membres. C'était la grande époque du mouvement hippie, du «Peace and Love» et tout le bataclan; elle avait de grands yeux bleus émerveillés, des marguerites dans ses cheveux couleur de blé mûr, portait un tee-shirt sans soutien-gorge dessous, des blue-jeans rapiécés, allait pieds nus dans des sandales de cuir, était mignonne et douce comme un ange tombé du ciel, et vous comprendrez alors très bien pourquoi je me laissai entraîner dans son sillage sans opposer la moindre résistance.

Nous partagions le même appartement mais nos relations, comme celles entretenues jadis avec ma Chinoise opiomane de San Francisco, étaient purement platoniques, ce qui faisait miraculeusement mon affaire puisque je souffrais maintenant de sérieuses défaillances sexuelles. Au début, peut-être à cause des joints de marijuana qui avaient remplacé les pipes d'opium d'autrefois et qui troublaient fort probablement mes ondes cérébrales, cette technique de méditation millénaire, pratiquée non seulement par les ascètes hindous mais aussi par les moines bouddhistes ou taoïstes, les soufis d'Afrique du Nord, les chamans amérindiens et même les anachorètes du désert et les religieuses cloîtrées, n'eut pas beaucoup d'effet sur moi. Mais quand je cessai la consommation de cannabis et me plongeai avec sérieux dans cette prière silencieuse, qui consiste à faire le vide dans son esprit, à ne plus penser tout en restant conscient d'être en train de ne pas penser, ce qui n'est pas de la tarte je vous l'accorde, l'inconcevable se produisit. À force de répéter inlassablement un «mantra» qui ne veut rien dire, le mental se purge de toute idée signifiante, de tout ce qui fait la conscience personnelle, réflexion, imagination ou mémoire, et atteint finalement ce que les mystiques appellent le Soi, c'est-à-dire l'Âme indifférenciée du monde, de l'Univers, Dieu en nous, dont nous sommes à la fois, incompréhensiblement, une parcelle et la Totalité. C'est ce qui m'arriva et, la première fois, ce fut spectaculaire, je vous l'affirme, exquis et effrayant en même temps, un mélange parfaitement synchrone et parfaitement équilibré de sublime jouissance et de terreur absolue. L'extase la plus totale dans la souffrance la plus entière.

Mais trêve de rhétorique et de lyrisme, voici exactement ce qui se passa en moi ce matin-là... Après les vingt ou vingt-cinq minutes de relaxation habituelles, temps recommandé par le Maharishi lui-même et pendant lequel j'avais chassé, doucement, sans jamais forcer, toutes les images et pensées qui avaient cherché à naître dans mon cerveau, je ne remontai pas à la surface. Ayant perdu toute notion de temps, je flottais dans une sorte de vacuum noir et paisible, où même mon mantra avait disparu. Mes mains, posées sur mes genoux, paumes vers le haut, étaient complètement engourdies, et mon pied aussi picotait un peu. Ma respiration et les battements de mon cœur n'avaient jamais été aussi lents. Soudain, je reçus comme un coup dans le bas-ventre, indolore cependant, puis je sentis nettement comme une espèce de fluide électrique monter le long de ma colonne vertébrale et s'arrêter un moment au niveau du plexus solaire. Une intense lumière blanc doré, que je pouvais pour ainsi dire visionner de l'intérieur, baigna mon cœur, inonda toute ma poitrine, répandant un bien-être inouï. Un instant ou une éternité plus tard, cette même lumière, immensément claire sans pourtant être aveuglante, vint éclater dans ma tête et causer ni plus ni moins qu'un orgasme porté à la énième puissance, mais, comme je l'ai dit, mélangé à une peur incommensurable. Des sons étranges vrillaient mes oreilles, un très fort sifflement qui se transforma peu à peu en une sorte de douce musique électronique, de tintement de clochettes, et, dans ce bonheur ambigu, coupé pour moitié d'angoisse métaphysique, je crus être en présence d'un Être infini, ambivalent Lui aussi, unité composée cependant d'une dualité, un Autre et toutefois moi-même, et la Vie et la Mort, le Bien et le Mal, le Jour et la Nuit amalgamés, fondus ensemble d'inséparable manière, Yin et Yang nécessaires au maintien de l'équilibre cosmique, trame et chaîne du tissu de l'Univers dont la fibre, ni matière, ni énergie, n'était qu'Ineffable Conscience.

Ce phénomène se reproduisit à maintes reprises par la suite, plusieurs fois par mois en fait, et continue même encore aujourd'hui, mais pas tous les jours même si ma méditation est demeurée quotidienne depuis tout ce temps. Je quittai Sophie Dupin en bons termes quand j'eus obtenu ma licence et décrochai un poste de professeur d'histoire dans un collège des environs de Québec.

En 1976, le Parti Québécois prit le pouvoir, mais je ne m'en réjouis pas outre mesure. Même si, en 70, lors de la crise d'Octobre, j'avais été un partisan actif dans cette tentative de révolution en cachant chez moi des militants en souvenir de la rébellion des patriotes de 1837, mon «Illumination», puisqu'il faut l'appeler ainsi, m'avait complètement changé, m'avait transformé du tout au tout, et je n'étais plus vraiment nationaliste. Devenu pacifiste convaincu, «je n'étais plus de ce monde», comme disait déjà Jésus-Christ deux millénaires plus tôt, et, ayant enfin trouvé mon Eldorado, j'observais maintenant l'animation des foules avec la plus grande indifférence.

C'est ainsi que le résultat du référendum sur la souveraineté du Québec, en 1980, terriblement déprimant pour les séparatistes, me laissa plutôt froid. Je considérais – et considère toujours – qu'il faut d'abord se libérer soi-même intérieurement, chacun de son côté, avant de tenter de s'affranchir collectivement et politiquement à travers tout un peuple. «Gnôthi seauton!» clamait Socrate dans les ruelles de l'Athènes antique, et moi, après lui, j'affirme que mes innombrables faits d'armes et gestes de bravoure supposée n'étaient rien qu'absurde agitation, que le véritable héros est celui qui combat ses propres dragons et prend possession, au nom du seul vrai roi, l'Éternel, de son pays intime.

Oui, je crois que, sans être un saint vivant, j'ai atteint aujourd'hui, grâce à mes trois cent quarante années de bonheur tout à fait relatif et parfois de très grande souffrance, un niveau assez élevé de connaissance. Celui que j'étais hier, imbu de fierté mal placée, qui aurait pu finir dans un cirque ambulant comme phénomène de foire, pareil à ce pauvre vieux frère de Géronimo, attend maintenant la mort, qui va venir bientôt, avec sérénité. Débarrassé de l'illusion du corps, génératrice d'angoisses, responsable de toutes mes vaines prouesses sexuelles qui étaient autant d'actes désespérés, je ne vis plus que dans l'instant présent, dans l'Esprit au-delà de la chair, et que dans l'attente de la Délivrance Finale. En vérité je vous le dis, à vous, tous mes incalculables descendants qui lisez peut-être ces lignes, ici se termine mon histoire, ici se tourne la dernière page et se ferme mon livre. À vous maintenant de faire en sorte que cette prodigieuse aventure se continue, si cela est votre désir…

J'AI TROUVÉ mon père, Noël Chênevert, le premier janvier 1998, lors de ma visite habituelle du nouvel an, dans cette chambre de l'hospice de vieillards où il s'était réfugié quelques années auparavant, le menton sur la poitrine, mort dans son fauteuil à bascule. Il avait l'air de dormir paisiblement. Son abondante chevelure blanche et sa longue barbe immaculée en faisaient un authentique patriarche biblique. Quand je lui ai relevé la tête, son œil véritable était fermé, mais sa prunelle de verre, qui avait remplacé depuis longtemps son bandeau de pirate, semblait me regarder fixement, et le cher vieux fou donnait ainsi l'impression de me faire un clin d'œil par-delà la mort. Sa prothèse sophistiquée, qui avait succédé à l'ancienne jambe en bois de chêne et qui avait dû l'agacer quelques minutes avant son décès, gisait sur le plancher, artificielle et laide.

Sur son secrétaire, près du lit, sous la lampe encore allumée, était posé le manuscrit de ses Mémoires – qu'il avait de toute évidence laissé là pour moi –, une simple pile de cahiers quadrillés que vous tenez présentement dans vos mains sous forme de livre imprimé. Sur la jaquette, c'est mon nom que vous lisez, c'est-à-dire celui de mon père adoptif, puisque je suis le dernier fils de la souche Chênevert, le «petit surgeon au duvet doré, aux yeux vert tendre comme des feuilles nouvelles…» Mon éditeur, pour des raisons de marketing, de publicité, a préféré que ce soit celui-là qui apparaisse sur la couverture. Il faut dire aussi que j'ai beaucoup retravaillé ce texte car, en tant qu'écrivain professionnel, je considérais l'ensemble pas tellement bien écrit malgré l'instruction, tardive mais assez grande, de cet homme hors du commun. J'ai cependant été fidèle au récit en tant que tel, n'en changeant pas un iota, remaniant seulement la syntaxe par-ci par-là, rééquilibrant une phrase, troquant un mot pour un de ses synonymes, une expression pour une meilleure.

J'espère de tout cœur que vous avez aimé cette stupéfiante biographie, que vous l'avez appréciée à sa juste valeur. Si vous désirez venir prier sur la tombe du héros de cette histoire – qu'il faudrait peut-être, à la réflexion, écrire avec un H majuscule, puisqu'elle est aussi celle de tout un peuple, en quelque sorte –, la dépouille repose au cimetière de Val-d'Or, ma ville natale, car personne d'autre ne l'a réclamée. Ayant retrouvé sa fameuse jambe de bois dans le placard de sa chambre, Dieu sait pourquoi, je l'ai conservée un certain temps puis j'ai décidé de l'enterrer elle aussi au pied de sa pierre tombale, à quelques pouces seulement sous le gazon, car je ne pouvais creuser plus profondément sans me faire remarquer du gardien. À mon plus total ébahissement, quelques semaines plus tard, une pousse a émergé du sol, au-dessus du cercueil, une longue tige surmontée d'une grappe de feuilles lobées, d'un vert brillant, celles caractéristiques du chêne…

TABLE